शेर-ओ-शायरी
ग़ालिब

मिर्ज़ा असदुल्लाह बेग ख़ाँ 'ग़ालिब'

Neelkanth
Prakashan

प्रकाशक : नीलकंठ प्रकाशन
पता : 4760-61, 23, अंसारी रोड
दरियागंज, नई दिल्ली -110002
फ़ोन: 9810675061
व्हाट्सएप नंबर: +91 9810675061

ईमेल: neelkanthprakashan47@gmail.com

शेर-ओ-शायरी : 'ग़ालिब'
मिर्ज़ा असदुल्लाह बेग ख़ाँ 'ग़ालिब'

ISBN: 978-93-6144-088-5

संस्करण:2025

मिर्ज़ा असदुल्लाह बेग ख़ाँ 'ग़ालिब'

परिचय

मिर्ज़ा असद उल्लाह बेग ख़ाँ 'ग़ालिब' उर्दू और फ़ारसी के महानतम शायरों में से एक माने जाते हैं। उनकी शायरी केवल प्रेम और सौंदर्य की अभिव्यक्ति नहीं, बल्कि जीवन, दर्शन, समाज और आत्मचिंतन की गहराइयों को भी छूती है। उनका लेखन मुग़ल साम्राज्य के पतन, सामाजिक विघटन और आधुनिकता के उभरते प्रभाव के बीच का दर्पण है।

प्रारंभिक जीवन

मिर्ज़ा ग़ालिब का जन्म 27 दिसंबर 1797 को आगरा (उत्तर प्रदेश) में एक तुर्क परिवार में हुआ था। उनके पिता का नाम मिर्ज़ा अब्दुल्ला बेग था, जो अफ़ग़ानिस्तान से भारत आए थे और ईस्ट इंडिया कंपनी की सेना में काम करते थे। जब ग़ालिब केवल 5 वर्ष के थे, तब उनके पिता का निधन हो गया। इसके बाद उनके चाचा मिर्ज़ा नसीरुल्ला बेग ने उनका पालन-पोषण किया, लेकिन उनका भी कुछ ही वर्षों में देहांत हो गया।

शिक्षा और प्रारंभिक लेखन

ग़ालिब की शिक्षा फ़ारसी और अरबी में हुई। उन्होंने छोटी उम्र में ही शायरी करना शुरू कर दिया था। उन्होंने फ़ारसी में "असद" तख़ल्लुस (उपनाम) से और बाद में "ग़ालिब" नाम से लिखना आरंभ किया। फ़ारसी भाषा पर उनकी पकड़ अत्यंत गहरी थी, लेकिन उन्होंने उर्दू को भी एक नई ऊँचाई दी।

ग़ालिब कहते थे:

“हज़ारों ख़्वाहिशें ऐसी कि हर ख़्वाहिश पे दम निकले,
बहुत निकले मेरे अरमाँ लेकिन फिर भी कम निकले।”

इस शेर ने उन्हें घर-घर तक पहुँचा दिया।

दिल्ली आगमन और वैवाहिक जीवन

13 वर्ष की उम्र में ग़ालिब का विवाह नवाब इलाही बख़्श की बेटी उमराव बेगम से हुआ। विवाह के बाद वे दिल्ली आ गए और वहीं जीवन भर रहे। उनका वैवाहिक जीवन सुखद नहीं था। उन्हें संतान सुख भी नहीं मिला—उनके सभी सात बच्चे कम उम्र में ही चल बसे। इस निजी दुख ने ग़ालिब की शायरी को और अधिक गहराई दी।

दरबारी जीवन और संघर्ष

ग़ालिब ने बहादुर शाह ज़फ़र के दरबार में काफ़ी समय बिताया। उन्हें फ़ारसी के ‘दबेरे मुल्क’ (राज्य के इतिहास लेखक) की उपाधि भी मिली। लेकिन उन्हें कभी भी वित्तीय स्थिरता नहीं मिली। ईस्ट इंडिया कंपनी से मिलने वाली पेंशन पाने के लिए उन्हें लंबे समय तक संघर्ष करना पड़ा। उनकी आर्थिक स्थिति हमेशा दयनीय रही।

१८५७ का विद्रोह और प्रभाव

1857 की क्रांति ग़ालिब के जीवन का एक महत्वपूर्ण मोड़ था। इस दौरान दिल्ली उजड़ गई, साहित्यिक समाज बिखर गया, और मुग़ल साम्राज्य का अंत हो गया। ग़ालिब ने इस तबाही को बहुत निकट से देखा और अपनी चिट्ठियों में उसका सजीव चित्रण किया। उनका प्रसिद्ध कथन है:

“दिल्ली जो एक शहर था आलम में इंतिख़ाब,
रहते थे मुन्तख़ब ही ज़माने के लोग यहाँ।
अब तो उजड़ गया है यह गुलशन नाज़नीन,
कोई नहीं है अपना न पराया कोई यहाँ।”

शायरी की विशेषताएँ

ग़ालिब की शायरी जीवन के हर पहलू को छूती है—प्रेम, वेदना, दर्शन, मृत्यु, आत्मा और ईश्वर की खोज। उन्होंने शायरी को सादगी और गहराई दी। उनका चिंतनात्मक दृष्टिकोण उन्हें आम शायरों से अलग करता है। ग़ालिब कहते हैं:

"ये न थी हमारी क़िस्मत कि विसाल-ए-यार होता,
अगर और जीते रहते यही इंतिज़ार होता।"

ग़ालिब की ग़ज़लें भावनाओं की गहराइयों में डूबने का अनुभव कराती हैं।

नज़रिया और दर्शन

ग़ालिब केवल शायर ही नहीं, बल्कि दार्शनिक भी थे। उनका विश्वास था कि इंसान की सीमाएँ हैं, लेकिन उसकी जिज्ञासा अनंत है। वे भाग्यवाद, मृत्यु और आत्मा के प्रश्नों पर गंभीर विचार करते थे। उन्होंने परंपरागत धार्मिक मान्यताओं पर भी सवाल उठाए:

"हमको मालूम है जन्नत की हक़ीक़त लेकिन,
दिल को ख़ुश रखने को 'ग़ालिब' ये ख़याल अच्छा है।"

पत्र लेखन

ग़ालिब की चिट्ठियाँ भी बहुत प्रसिद्ध हैं। उन्होंने अपने मित्रों और शिष्यों को जो पत्र लिखे, वे साहित्यिक दृष्टि से अत्यंत मूल्यवान हैं। उनमें उनके समय का जीवंत चित्रण, भाषा की सरलता और आत्मीयता देखी जा सकती है। वे पहले शायर थे जिन्होंने उर्दू पत्र लेखन को औपचारिकता से निकालकर एक जीवंत विधा में बदल दिया।

ग़ालिब का साहित्यिक योगदान

ग़ालिब ने फ़ारसी में भी बहुत-सा साहित्य लिखा, लेकिन उनकी पहचान उर्दू शायर के रूप में अधिक है। उनके प्रमुख काव्य-संग्रह हैं:

- दीवान-ए-ग़ालिब: उर्दू ग़ज़लों का संकलन
- ग़ालिब के ख़ुतूत (पत्र)

- कुल्लियात-ए-ग़ालिब: सम्पूर्ण रचनाएँ
- फ़ारसी में: दस्तंबू, मैख़ाना, सवादे आज़ुरदा आदि

निधन और स्मृति

मिर्ज़ा ग़ालिब का निधन 15 फरवरी 1869 को दिल्ली में हुआ। उन्होंने अपने जीवन में काफ़ी संघर्ष देखा, लेकिन मृत्यु के बाद उनकी शायरी ने उन्हें अमर कर दिया। आज ग़ालिब को उर्दू का सबसे बड़ा शायर माना जाता है। दिल्ली में उनका मक़बरा, 'ग़ालिब की हवेली', आज एक ऐतिहासिक स्थल है।

निष्कर्ष

मिर्ज़ा ग़ालिब की शायरी समय, समाज और आत्मा की गहराइयों का प्रतिबिंब है। उन्होंने न केवल उर्दू साहित्य को नई ऊँचाइयाँ दीं, बल्कि भारतीय साहित्य को एक अमूल्य धरोहर भी सौंपी। ग़ालिब की शायरी हर उस दिल में ज़िंदा है, जो भावनाओं को समझता है, सोचता है, और महसूस करता है। वे केवल एक शायर नहीं, बल्कि युगद्रष्टा थे। उनकी शायरी आने वाली पीढ़ियों के लिए प्रेरणा, प्रेम और दर्शन का स्रोत बनी रहेगी।

1

अर्ज़े-नियाज़े-इश्क़[1] के क़ाबिल नहीं रहा
जिस दिल पे नाज़ था मुझे, वो दिल नहीं रहा

जाता हूँ दाग़े-हसरते-हस्ती लिये हुए
हूँ शम्मए-कुश्ता[2] दरखुरे-महफ़ित[3] नहीं रहा

मरने की ऐ दिल और ही तदबीर कर कि मैं
शायाने-दस्तो-बाज़ु-ए-क़ातिल[4] नहीं रहा

बर रूए-शश-जिहत[5] दरे-आईनाबाज़[6] है
या इम्तियाज़े-नाक़िसों-कामिल[7] नहीं रहा

वा[8] कर दिये हैं शौक़ ने बन्दे-नक़ाबे-हुस्न
ग़ैर अज़ निगाह[9] अब कोई हाइल[10]नहीं रहा

1. प्यार का प्रणय-याचना 2. बुझा हुआ दीपक 3. सभा के लायक 4. प्रिय के द्वारा मरने के योग्य 5. छह दिशाओं में 6. खुला हुआ शीशा 7. दोषी व निर्दोष का भेद 8. खोलना 9. दृष्टि के अलावा 10. बाधक 11. सांसारिक अत्याचारों से त्रस्त 12. उदासीन।

गो मैं रहा रहीने-सितम-हाय-रोज़गार[11]
लेकिन तेरे ख़याल से ग़ाफ़िल[12] नहीं रहा

दिल से हवा-ए-किश्ते-वफ़ा[13] मिट गयी कि वां
हासिल सिवा-ए-हसरते-हासिल[14] नहीं रहा

बेदादे-इश्क़[15] से नहीं डरता, मगर 'असद'
जिस दिल पे नाज़ था मुझे, वो दिल नहीं रहा

---

13. प्रेम का पौधा लगाने की आशा 14. प्राप्ति की इच्छा के अतिरिक्त 15. प्रेम का अत्याचार।

2

आईना क्यों न दूं कि तमाशा कहें जिसे
ऐसा कहाँ से लाऊँ कि तुझ-सा कहें जिसे

हसरत ने ला रखा तेरी बज़्मे-ख़याल में
गुलदस्ता-ए-निगाह सुवैदा[1] कहें जिसे

फूंका है किसने गोशे-मुहब्बत[2] में ऐ ख़ुदा
अफ़्सूने-इन्तज़ार,[3] तमन्ना कहें जिसे

सर पर हुजूमे-दर्द-ग़रीबी[4]से, डालिये
वो एक मुश्ते-ख़ाक कि सहरा कहें जिसे

---

1. हृदय-चिन्ह 2. प्रिय की लगन 3. प्रतिज्ञा का जादू 4. देश-विदेश घूमने के कष्ट की अधिकता 5. अत्यधिक इच्छा 6. ऐश्वर्यरूपी पुष्पों को खिलने के लिए 7. मदिरापात्र पर रखा रुई का फाहा।

है चश्मे-तर में हसरते-दीदार से निहां
शौक़े-इनां-गुसेख़्ता[5] दरिया कहें जिसे

दरकार है शगुफ़्तने-गुल-हाए-ऐश[6] को
सुब्हे-बहार पम्बा-ए-मीना[7] कहें जिसे

'ग़ालिब' बुरा न मान, जो वाइज़ बुरा कहे
ऐसा भी कोई है कि सब अच्छा कहें जिसे

3

आ कि मेरी जान को क़रार नहीं है
ताक़ते-बेदादे-इन्तिज़ार[1] नहीं है

देते हैं जन्नत हयाते-दहर[2] के बदले
नश्शा बअन्दाज़ा-ए-ख़ुमार नहीं है

गिरिया[3] निकाले है, तेरी बज़्म से मुझको
हाए कि रोने पे भी इख़्तियार नहीं है

हमसे अबस[4] है गुमाने-रंजिशे-ख़ातिर[5]
ख़ाक में उश्शाक़[6] की ग़ुबार नहीं है

---

1. प्रतीक्षा की अनिक्षा की शक्ति 2. सांसारिक जीवन 3. रुदन 4. व्यर्थ 5. सम्मान व ईर्ष्या की आशा 6. प्रेमी 7. अर्थ के सौन्दर्य का आनन्द 8. निश्चय 9. दृढ़।

दिल से उठा लुत्फ़े-जल्वा-हाए-मा'नी[7]
ग़ैर-ए-गुल आईना-ए-बहार नहीं है

क़त्ल का मेरे किया है अहद, तो बारे
वाए! अगर अहद[8] उस्तवार[9] नहीं है

तूने क़सम मैकशी की खायी है 'ग़ालिब'
तेरी क़सम का कुछ भी एतबार नहीं है

4

आह को चाहिए इक उम्र असर होने तक
कौन जीता है तेरी ज़ुल्फ़ के सर होने तक

दाम[1] हर मौज में है हल्क़ा-ए-सदकामे-नहंग[2]
देखें क्या गुज़रे है क़तरे पे गुहर होने तक

आशिक़ी सब्र-तलब और तमन्ना बेताब
दिल का क्या रंग करूं ख़ूने-जिगर होने तक

हमने माना कि तग़ाफ़ुल[3] न करोगे, लेकिन
ख़ाक हो जाएंगे हम तुमको ख़बर होने तक

---

1. जाल 2. सौ जबड़ों वाले मगरमच्छ का घेरा 3. उपेक्षा 4. सूर्य का प्रतिबिम्ब 5. ज्यादा 6. जीवन-अवधि 7. चिनगारी का नाच।

परतवे-ए-ख़ुर[4] से है शबनम को फ़ना की ता'लीम
मैं भी हूँ एक इनायत की नज़र होने तक

यक नज़र बेश[5] नहीं, फ़ुर्सते-हस्ती[6] ग़ाफ़िल
गरमिए-बज़्म है इक रक्से-शरर[7] होने तक

ग़मे-हस्ती का 'असद' किससे हो जुज़[8] मर्ग[9] इलाज
शम्आ हर रंग में जलती है सहर[10] होने तक

---

8. सिवा 9. मृत्यु 10. सुबह।

5

इब्ने-मरियम[1] हुआ करे कोई
मेरे दुख की दवा करे कोई

शर-ओ-आईन[2] पर मदार[3] सही
ऐसे क़ातिल का क्या करे कोई

चाल जैसे कड़ी कमान का तीर
दिल में ऐसे कि जा करे कोई

बात पर वां[4] ज़ुबान कटती है
वो कहें और सुना करे कोई

बक रहा हूँ जुनू में क्या-क्या कुछ
कुछ न समझे, ख़ुदा करे कोई

न सुनो, गर बुरा कहे कोई
न कहो, गर बुरा करे कोई

1. मरियम का बेटा 2. संवैधानिक और असंवैधानिक 3. निर्भरता 4. वहाँ।

रोक लो, गर ग़लत चले कोई
बख़्श[5] दो, गर ख़ता करे कोई

कौ है, जो नहीं है हाजतमन्द[6]
किसकी हाजत[7] रवा[8] करे कोई

क्या किया ख़िज्र[9] ने सिकन्दर से
अब किसे रहनुमा[10] करे कोई

जब तवक़्क़े[11] ही उठ गयी 'ग़ालिब'
क्यों किसी का गिला करे कोई

---

5. क्षमा करना 6. ज़रूरतमन्द 7. आवश्यकता 8. पूर्ण।9. संसार 10. पथ-प्रदर्शक 11. उम्मीद।

6

इशरते-क़तरा[1] है, दरिया में फ़ना[2] हो जाना
दर्द का हद से गुज़रना, है दवा हो जाना

तुझसे क़िस्मत में मेरी सूरते-क़ुफ़्ले-अबजद[3]
था लिखा, बात के बनते ही जुदा हो जाना

दिल हुआ कशमकशे-चारा-ए-ज़हमत[4] में तमाम
मिट गया, घिसने में इस उक़्दे[5] का वा[6] हो जाना

अब जफ़ा से भी हैं महरूम हम अल्लाह-अल्लाह
इस क़दर दुश्मने-अर्बाबे-वफ़ा[7] हो जाना

ज़ोफ़[8] से गिरिया[9] मुबद्दल[10] व दमे-सर्द[11] हुआ
बावर[12] आया हमें पानी का हवा हो जाना

दिल से मिटना, तेरी अंगुश्ते-हिनाई[13] का ख़याल
हो गया गोश्त से नाख़ुन का जुदा हो जाना

---

1. बूंद का ऐश्वर्य 2. नष्ट 3. ताले के सदृश्य 4. दुःख-हरण की चेष्टा 5. गांठ 6. खुला होना 7. चाहने वालों का दुश्मन 8. निर्बलता 9. रुदन 10. परिणत 11. ठण्डी आह 12. विश्वास 13. मेंहदी लगी उँगली।

है मुझे अब्रे-बहारी[14] का बरस कर खुलना
रोते-रोते ग़मे-फ़ुर्क़त[15] में फ़ना हो जाना

गर नहीं निकहत-ए-गुल को तिरे कूचे की हवस
क्यूँ है गर्द-ए-रह-ए-जौलान-ए-सबा हो जाना

ता कि तुझ पर खुले एजाज़-ए-हवा-ए-सैक़ल
देख बरसात में सब्ज़ आइने का हो जाना

बख़्शे हैं जलवए-गुल ज़ौक़े-तमाशा[16] 'ग़ालिब'
चश्म को चाहिए हर रंग मैं वा हो जाना

---

14. बरसात के बादल 15. विरह का दुःख 16. तमाशे की निर्बलता।

7

इश्क़ मुझको नहीं, वहशत[1] ही सही
मेरी वहशत तेरी शोहरत ही सही

क़त्आ[2] कीजै न तअल्लुक़[3] हमसे
कुछ नहीं है, तो अदावत[4] ही सही

मेरे होने में है क्या रुस्वाई
ऐ वो मजलिस[5] नहीं, ख़िलवत[6] ही सही

हम भी दुश्मन तो नहीं हैं अपने
ग़ैर को तुझसे मुहब्बत ही सही

हम कोई तर्के-वफ़ा[7] करते हैं
न सही इश्क़, मुसीबत ही सही

कुछ तो दे ऐ फ़लक-ए-नाइंसाफ़[8]
आहो-फ़रियाद की रुख़सत[9] ही सही

---

1. पागलपन 2. विच्छेद 3. सम्बन्ध 4. दुश्मनी 5. सभा 6. एकान्त 7. प्रणय-विच्छेद 8. अन्याय करने वाला आकाश 9. विदा।

हम भी तस्लीम[10] की ख़ू[11] डालेंगे
बेनियाज़ी[12] तेरी आदत ही सही

यार से छेड़ चली जाए 'असद'
गर नहीं वस्ल, तो हसरत ही सही

---

10. मान लेना 11. आदत 12. उपेक्षा।

8

उस बज़्म में मुझे नहीं बनती हया किये
बैठा रहा, अगरचे इशारे हुआ किये

दिल ही तो है, सियासते-दरबां[1] से डर गया
मैं और जाऊँ दर से तेरे बिन सदा किये

रखता फिरूं हूँ ख़िरक़ा-ओ-सज्जादा[2] रहने-मैं
मुद्दत हुई है दावते-आबो-हवा किये

बेसर्फ़ा[3] ही गुज़रती है, हो गर ऐ उम्रे-ख़िज़्र
हज़रत भी कल कहेंगे कि हम क्या किया किये

मक़्दूर[4]हो, तो ख़ाक से पूछूं कि ऐ लईम[5]
तूने वो गंज-हाय-गिरांमाया[6] क्या किये

किस रोज़ तोहमतें न तराशा किये अदू[7]
किस दिन हमारे सर पे न आरे चला किये

---

1. दरबान की धमकी 2. नमाज़ पढ़ने की चटाई और फ़कीर का चोला 3. व्यर्थ 4. सामर्थ्य 5. कंजूस 6. क़ीमतें ख़ज़ाने 7. दुश्मन।

सोहबत में ग़ैर की न पड़ी हो कहीं ये ख़ू[8]
देने लगा है बोसा बग़ैर इल्तिजा[9] किये

ज़िद की है और बात, मगर ख़ू बुरी नहीं
भूले से उसने सैकड़ों वादे वफ़ा किये

'ग़ालिब' तुम्हीं कहो कि मिलेगा जवाब क्या
माना कि तुम कहा किये और वो सुना किये

---

8. आदत 9. अनुरोध

9

एक-एक क़तरा का मुझे देना पड़ा हिसाब
ख़ूने-जिगर वदीअते-मिज़गाने-यार[1] था

अब मैं हूँ और मातमे-यक शहरे-आर्ज़ू[2]
तोड़ा जो तूने आईना, तिम्सालदार[3] था

गलियों में मेरी लाश को खींचे फिरो कि मैं
जां दाद-ए-हवा-ए-सरे-रहगुज़ार[4] था

मौजे-सराबे[5] दश्ते-वफ़ा[6] का न पूछ हाल
है ज़र्रामिस्ले-जौहरे-तेग़[7] आबदार[8] था

कम जानते थे हम भी ग़मे-इश्क़ को, पर अब
देखा, तो कम हुए, प ग़मे-रोज़गार था

किस का जुनून-ए-दीद तमन्ना-शिकार था
आईना-ख़ाना वादी-ए-जौहर-ग़ुबार था

---

1. प्रिय की पलकों की धरोहर 2. इच्छाओं का नगर 3. चित्रित 4. गली-गली घूमने का अभिलाषी 5. रेत की लहरें, जो दूर से पानी जान पड़ती हैं 6. प्रेम-रूपी मरुस्थल की मरीचिका 7. तलवार की धार के समान 8. चमकीला।

किस का ख़याल आइना-ए-इन्तिज़ार था
हर बर्ग-ए-गुल के पर्दे में दिल बे-क़रार था

जूँ ग़ुंचा-ओ-गुल आफ़त-ए-फ़ाल-ए-नज़र न पूछ
पैकाँ से तेरे जल्वा-ए-ज़ख़्म आश्कार था

देखी वफ़ा-ए-फ़ुर्सत-ए-रंज-ओ-नशात-ए-दहर
ख़म्याज़ा यक-दराज़ी-ए-उम्र-ए-ख़ुमार था

सुब्ह-ए-क़यामत एक दुम-ए-गुर्ग थी 'असद'
जिस दश्त में वो शोख़-ए-दो-आलम शिकार था

10

एक जा हर्फ़े-वफ़ा[1] लिक्खा था, सो भी मिट गया
ज़ाहिरा, काग़ज़ तेरे ख़त का ग़लत-बरदार[2] है

जी जले ज़ौक़े-फ़ना[3] की नातमामी[4]पर न क्यों
हम नहीं जलते, नफ़स हरचन्द आतिशबार[5] है

आग से पानी में बुझते वक़्त उठती है सदा
हर कोई वामांदगी[6] में नाला से नाचार है

है वही बदमस्तिए हर ज़र्रे का ख़ुद उज़्रख़्वाह[7]
जिसके जल्वे से ज़मीं ता आसमां सरशार है

मुझसे मत कह, तू हमें कहता था अपनी ज़िन्दगी
ज़िन्दगी से भी मेरा जी इन दिनों बेज़ार है

आँख की तस्वीर सरनामे[8] पे खेंची है कि ता
तुझ पे खुल जावे कि इसको हसरते-दीदार है

---

1. वफ़ा का शब्द 2. ऐसा काग़ज़, जिस पर से अक्षर मिट जायें 3. नश्वरता का आनन्द 4. अधूरापन 5. आग से भरा हुआ 6. मुसीबत 7. क्षमा मांगनेवाला 8. लिफ़ाफ़ा।

11

कब वो सुनता है कहानी मेरी
और फिर वो भी ज़बानी मेरी

ख़लिशे-ग़म्ज़ए-ख़ूंरेज़ न पूछ
देख ख़ूंनाला-फ़िशानी[1] मेरी

क्या बयां करके मेरा रोयेंगे यार
मगर आशुफ़्ता-बयानी[2] मेरी

हूँ ज़ख़ुद-रफ्तए-बैदाए-ख़याल[3]
भूल जाना है निशानी मेरी

मुत्तक़ाबिल[4] है मुक़ाबिल मेरा
रुक गया देख रवानी मेरी

क़द्रे-संगे-सरे-रह रखता हूँ
सख़्त-अरज़ां है गिरानी मेरी

---

1. रक्त-प्रवाह 2. झूठ बोलना 3. कल्पना के जाल में खोया हुआ 4. संघर्ष के अयोग्य।

गर्दे-बादे-रहे-बेताबी[5] हूँ
सरसरे-शौक़[6] ऐ बानी[7] मेरी

दहन उसका जो न मालूम हुआ
खुल गयी हेचमदानी[8] मेरी

कर दिया ज़ोफ़ ने आजिज़ 'ग़ालिब'
नंगे-पीरी[9] है जवानी मेरी

---

5. व्याकुलता के मार्ग का बवण्डर 6. इच्छा-रूपी हवा की आधी 7. आयोजक। 8. कुछ न जानना 9. वृद्धावस्था को लज्जित करने वाली।

12

कभी नेकी भी उसके जी में गर आ जाये है मुझसे
जफ़ाएं करके अपनी याद, शरमा जाये है मुझसे

ख़ुदाया जज़्ब-ए-दिल की मगर तासीर उलटी है
कि जितना खेंचता हूँ और खिंचता जाये है मुझसे

वो बदख़ू और मेरी दास्ताने-इश्क़-तूलानी1
इबारत मुख़्तसर, क़ासिद भी घबरा जाये है मुझसे

उधर वो बदगुमानी है, इधर यह नातवानी[2] है
न पूछा जाये है उससे, न बोला जाये है मुझसे

संभलने दे मुझे, ऐ नाउमीदी क्या क़यामत है
कि दामाने-ख़याले-यार[3] छूटा जाये है मुझसे

तकल्लुफ़ बरतरफ़ नज़्ज़ारगी[4] में भी सही, लेकिन
वो देखा जाये, कब यह ज़ुल्म देखा जाये है मुझसे

1. लम्बी प्रणय-गाथा 2. निर्बलता 3. मित्र की कल्पना का दामन 4. दर्शन।

हुए हैं पाँव ही पहले नबदे-इश्क़[5] में ज़ख़्मी
न भागा जाये है मुझसे, न ठहरा जाये है मुझसे

क़यामत है कि होवे मुद्दई का हमसफ़र 'ग़ालिब'
वो काफ़िर, जो ख़ुदा को भी न सौंपा जाये है मुझसे

---

5. प्रेम का संघर्ष।

13

कहते हो न देंगे हम, दिल अगर पड़ा पाया
दिल कहाँ कि गुम कीजै, हमने मुद्दआ पाया

इश्क़ से तबीअत ने ज़ीस्त का मज़ा पाया
दर्द की दवा पायी, दर्द बे-दवा पाया

दोस्त दारे-दुश्मन[1] है, एतिमादे-दिल[2] मालूम
आह बेअसर देखी, नाला[3] नारसा[4]पाया

सादगी व पुरकारी[5] बेख़ुदी व हुशयारी
हुस्न को तगाफ़ुल[6] में जुर्अत-आज़्मा[7] पाया

गुंचा फिर लगा खिलने, आज हमने अपना दिल
ख़ूं किया हुआ देखा, गुम किया हुआ पाया

हाले-दिल नहीं मालूम लेकिन इस क़दर यानी
हमने बारहा[8] ढूंढा, तुमने बारहा पाया

---

1. विरोधी का मित्र 2. हृदय का विश्वास 3. रुदन 4. नहीं पहुँचने वाला 5. सरलता व चालाकी 6. उपेक्षा 7. हिम्मत को आकनेवाला 8. बार-बार

शोरे पन्दे-नासेह[9] ने ज़ख़्म पर नमक छिड़का
आपसे कोई पूछे, तुमने क्या मज़ा पाया

है कहाँ तमन्ना का दूसरा क़दम या रब
हम ने दश्त-ए-इम्काँ को एक नक़्श-ए-पा पाया

बे-दिमाग़-ए-ख़जलत हूँ रश्क-ए-इम्तिहाँ ता-कै
एक बेकसी तुझ को आलम-आश्ना पाया

ख़ाक-बाज़ी-ए-उम्मीद कार-ख़ाना-ए-तिफ़्ली
यास को दो-आलम से लब-ब-ख़ंदा वा पाया

क्यूँ न वहशत-ए-ग़ालिब बाज-ख़्वाह-ए-तस्कीं हो
कुश्ता-ए-तग़ाफ़ुल को ख़स्म-ए-ख़ूँ-बहा पाया

फ़िक्र-ए-नाला में गोया हल्क़ा हूँ ज़े-सर-ता-पा
उज़्व उज़्व जूँ ज़ंजीर यक-दिल-ए-सदा पाया

शब नज़ारा-परवर था ख़्वाब में ख़याल उस का
सुब्ह मौजा-ए-गुल को नक़्श-ए-बोरिया पाया

9. उपदेशक के उपदेश का शोर।

जिस क़दर जिगर ख़ूँ हो कूचा दादन-ए-गुल है
ज़ख्म-ए-तेग़-ए-क़ातिल को तुर्फ़ा दिल-कुशा पाया

है मकीं की पा-दारी नाम-ए-साहिब-ए-ख़ाना
हम से तेरे कूचे ने नक़्श-ए-मुद्दआ पाया

ने 'असद' जफ़ा-साइल ने सितम जुनूँ-माइल
तुझ को जिस क़दर ढूँडा उल्फ़त-आज़मा पाया

14

कहूँ जो हाल, तो कहते हो मुद्दआ कहिये
तुम्हीं कहो कि जो तुम यूं कहो, तो क्या कहिये

न कहियो तान से फिर तुम कि हम सितमगर हैं
मुझे तो ख़ू है कि जो कुछ कहो, बजा कहिये

वो नेश्तर[1] सही, पर दिल में जब उतर जावे
निगाहे-नाज़[2] को फिर क्यूं न आश्ना कहिये

नहीं ज़रीया-ए-राहत ज़राहते-पैकां[3]
वो ज़ख़्मे-तेग़ है जिसको कि दिलकुशा कहिये

जो मुद्दई बने, उसके न मुद्दई बनिये
जो नासज़ा[4] कहे, उसको न नासज़ा कहिये

कहीं हक़ीक़त-ए-जाँ-काही-ए-मरज़ लिखिए
कहीं मुसीबत-ए-ना-साज़ी-ए-दवा कहिए

1. कांटा या नुकीला अस्त्र 2. घायल को आराम 3. तीर का घाव 4. अनुचित।

कभी शिकायत-ए-रंज-ए-गिराँ-नशीं कीजे
कभी हिकायत-ए-सब्र-ए-गुरेज़-पा कहिए

रहे न जान, तो क़ातिल को ख़ूं-बहा[5] दीजै
कटे ज़ुबान, तो ख़ंजर को मरहबा कहिये

नहीं निगार[6] को उल्फ़त न हो निगार तो है
रवानी-ए-रविश-ओ-मस्ती-ए-अदा[7] कहिये

नहीं बहार को फ़ुर्सत न हो, बहार तो है
तरावते-चमन-ओ-ख़ूबी-ए-हवा कहिये

सफ़ीना[8] जब कि किनारे पे आ लगा 'ग़ालिब'
ख़ुदा से क्या सितम-ओ-जोरे-नाख़ुदा[9] कहिये

---

5. रक्त का मूल्य 6. सुन्दर 7. मन्थर गति व अदाओं की मस्ती। 8. नाव 9. विपत्ति व नाविक की दुष्टता।

15

कोई दिन गर ज़िन्दगानी और है
अपने जी में हमने ठानी और है

आतिशे-दोज़ख़[1] में ये गरमी कहाँ
सोज़े-ग़म-हाए-निहानी[2] और है

बारहा[3] देखी हैं उनकी रंजिशें
पर कुछ अब के सरगिरानी[4]और है

दे के ख़त, मुँह देखता है नामाबर
कुछ तो पैग़ामे-ज़बानी[5] और है

क़ाता-ए-एमार[6] हैं अक्सर नूजूम[7]
वो बला-ए-आसमानी[8] और है

हो चुकी 'ग़ालिब' बलाएं सब तमाम
एक मर्गे-नागहानी[9] और है

---

1. नरक की अग्नि 2. आन्तरिक सन्ताप की जलन 3. प्राय: 4. क्रोध 5. मौखिक सन्देश 6. जान लेने वाले 7. सितारे 8. दैवी विपत्ति 9. बेकार की मृत्यु।

16

क्यों जल गया न ताबे-रुख़े-यार[1] देखकर
जलता हूँ अपनी ताक़ते-दीदार[2] देखकर

आतिशपरस्त[3] कहते हैं अह्ले-जहाँ मुझे
सरगर्मे-नाला-हाए-शरर-बार[4] देखकर

क्या आबरू-ए-इश्क़, जहाँ आम हो जफ़ा
रुकता हूँ तुमको बेसबब आज़ार[5] देखकर

आता है मेरे क़त्ल को पर जोशे-रश्क[6] से
मरता हूँ उसके हाथ में तलवार देखकर

साबित हुआ है गरदने-मीना[7] पे ख़ूने-ख़ल्क़8
लरज़े है मौजे-मै[9] तेरी रफ़्तार देखकर

वा हसरता[10] कि यार ने खींचा सितम से हाथ
हमको हरीसे-लज्ज़ते-आज़ार[11] देखकर

---

1. प्रिय के मुख की चमक 2. दर्शन की शक्ति 3. अग्नि उपासक 4. चिनगारियाँ बरसाता 5. कष्ट में 6. ईर्ष्या की अधिकता 7. सुराही की गर्दन 8. संसार की हत्या 9. मदिरा की तरंग 10. अच्छा हुआ 11. कष्ट का लोभी।

बिक जाते हैं हम आप मताए-सुख़न[12] के साथ
लेकिन अयार-ए-तबअ-ए-ख़रीदार [13] देखकर

ज़ुन्नार बाँध सुब्हा-ए-सद-दाना तोड़ डाल
रह-रौ चले है राह को हमवार देख कर

क्या बद-गुमाँ है मुझ से कि आईने में मिरे
तूती का अक्स समझे है ज़ंगार देख कर

गिरनी थी हम पे बर्क़-ए-तजल्ली न तूर पर
देते हैं बादा ज़र्फ़-ए-क़दह-ख़्वार देख कर

इन आबलों[14]से पाँव के घबरा गया था मैं
जी ख़ुश हुआ है, राह को पुरख़ार[15] देखकर

सर फोड़ना वो 'ग़ालिबे'-शोरीदा-हाल[16] का
याद आ गया मुझे, तेरी दीवार देखकर

---

12. काव्य-रूपी धन 13. ख़रीदार की इच्छा। 14. छाले 15. कांटों-भरी 16. परेशान हाल।

17

ग़म खाने में बूदा दिले-नाकाम बहुत है
यह रंज कि कम है मए-गुलफ़ाम[1] बहुत है

कहते हुए साक़ी से हया आती है, वरना है
यूं कि मुझे दुर्दे-तहे-जाम[2] बहुत है

ने तीर कमां में है, न सैयाद कमीं में
गोशे में क़फ़स के मुझे आराम बहुत है

हैं अह्ले-ख़िरद[3] किस रविशे-ख़ास[5] पे नाज़ां
पाबस्तगि-ए-रस्मो-रहे-आम[4] बहुत है

ज़मज़म ही पे छोड़ो, मुझे क्या तौफ़े-हरम[6] से
आलूदा ब मैं जामा-ए-एहराम बहुत है

है क़हर ग़र अब भी न बने बात कि उनको
इनकार नहीं और मुझे इबराम[7] बहुत है

---

1. गुलाबी शराब 2. जाम के तल में बैठी तलछट 3. तार्किकता को मानने वाले 4. विशेष ढंग 5. सामान्य रीति-रिवाज का बन्धन 6. काबे की परिक्रमा के समय पहना जाने वाला एक विशेष वस्त्र 7. कष्ट देना।

ख़ूं हो के जिगर आँख से टपका नहीं ऐ मर्ग
रहने दे मुझे या कि अभी काम बहुत है

होगा कोई ऐसा भी कि 'ग़ालिब' को न जाने
शाइर तो वो अच्छा है, प बदनाम बहुत है

18

ग़म नहीं होता है आज़ादों को बेश-अज़-यक-नफ़स
बर्क़ से करते हैं रौशन-शम्ए-मातमख़ाना हम

महफ़िलें बरहम[1] करे हैं, गंजफ़ा-बाज़े-ख़याल[2]
हैं वरक़-गरदानी[3]-ए-नैरंगे-यक-बुतख़ाना हम

बावजूदे यक जहाँ हंगामा पैदाई[4]नहीं
हैं चिराग़ाने-शबिस्ताने दिले-परवाना हम

ज़ोफ़ से है, नै क़नाअत[5] से, ये तर्क-ए-जुस्तजू
हैं वबाले-तकिया[6]-गाहे-हिम्मते-मर्दाना हम

दायमुल-हब्स[7] इसमें हैं लाखों तमन्नाएं 'असद'
जानते हैं सीना-ए-पुरख़ूं को ज़िन्दां ख़ाना हम

बस-कि हैं बद-मस्त-ए-ब-शिकन ब-शिकन-ए-मय-ख़ाना हम
मू-ए-शीशा को समझते हैं ख़त-ए-पैमाना हम

---

1. तितर-बितर 2. ताश खेलने का विचार 3. पृष्ठ उलटते रहना 4. उत्पत्ति 5. भाग्य-तुष्टि 6. विपत्ति 7. नित्य का विरोध।

बस-कि हर-यक-मू-ए-ज़ुल्फ़-अफ़्शाँ से है तार-ए-शुआअ'
पंजा-ए-ख़ुर्शीद को समझे हैं दस्त-ए-शाना हम

मश्क़-ए-अज़-ख़ुद-रफ़्तगी से हैं ब-गुलज़ार-ए-ख़याल
आश्ना ताबीर-ए-ख़्वाब-ए-सब्ज़ा-ए-बेगाना हम

फ़र्त-ए-बे-ख़्वाबी से हैं शब-हा-ए-हिज्र-ए-यार में
जूँ ज़बान-ए-शम्अ' दाग़-ए-गर्मी-ए-अफ़्साना हम

शाम-ए-ग़म में सोज़-ए-इश्क़-ए-आतिश-ए-रुख़्सार से
पुर-फ़शान-ए-सोख़्तन हैं सूरत-ए-परवाना हम

हसरत-ए-अर्ज़-ए-तमन्ना याँ से समझा चाहिए
दो-जहाँ हश्र-ए-ज़बान-ए-ख़ुश्क हैं जूँ शाना हम

कश्ती-ए-आलम ब-तूफ़ान-ए-तग़ाफ़ुल दे कि हैं
आलम-ए-आब-ए-गुदाज़-ए-जौहर-ए-अफ़्साना हम

वहशत-ए-बे-रब्ती-ए-पेच-ओ-ख़म-ए-हस्ती न पूछ
नंग-ए-बालीदन हैं जूँ मू-ए-सर-ए-दीवाना हम

19

ग़मे-दुनिया से गर पायी भी फ़ुर्सत सर उठाने की
फ़लक का देखना तक़रीब तेरे याद आने की

खुलेगा किस तरह मज़्मूं मेरे मक्तूब[1] का यारब
क़सम खायी है उस काफ़िर ने काग़ज़ के जलाने की

लिपटना परनियां में शोल-ए-आतिश[2] का आसां है
वले मुश्किल है हिकमत दिल में सोज़े-ग़म[3] छिपाने की

उन्हें मंज़ूर अपने ज़ख़्मियों का देख आना था
उठे थे सैरे-गुल को देखना शोख़ी बहाने की

हमारी सादगी थी इल्तिफ़ाते-नाज़[4] पर मरना
तेरा आना न था ज़ालिम मगर तम्हीद जाने की

लकद कोबे-हवादिस[5] का तहम्मुल[6] कर नहीं सकती
मेरी ताक़त कि ज़ामिन थी बुतों के नाज़ उठाने की

कहूँ क्या ख़ूबी-ए-औज़ा-ए-अब्ना-ए-ज़माँ 'ग़ालिब'
बदी की उस ने जिस से हम ने की थी बार-हा नेकी

---

1. पत्र 2. अग्नि 3. दुःख की तपन 4. माशूक़ की कृपा 5. हादसों की ठोकरें 6. बर्दाश्त।

20

गयी वो बात कि हो गुफ़्तगू तो क्योंकर हो
कहे से कुछ न हुआ फिर कहो, तो क्योंकर हो

हमारे ज़ेह्न में इस फ़िक्र का है नाम विसाल1
कि गर न हो, तो कहाँ जायें, हो, तो क्योंकर हो

अदब है और यही कशमकश, तो क्या कीजै
हया है और यही गोमगो[2] तो क्योंकर हो

तुम्हीं कहो कि गुज़ारा सनमपरस्तों[3] का
बुतों की हो अगर ऐसी ही ख़ू[4]तो क्योंकर हो

उलझते हो तुम, अगर देखते हो आईना
जो तुमसे शहर में हों एक-दो, तो क्योंकर हो

जिसे नसीब हो रोज़े-सियाह[5] मेरा-सा
वो शख़्स दिन न कहे रात को, तो क्योंकर हो

1. मिलन 2. असमंजस 3. प्रेमी की पूजा करने वाले 4. आदत।

ग़लत न था हमें ख़त पर गुमां तसल्ली का
न मानें दीदा-ए-दीदारजू[6] तो क्योंकर हो

मुझे जुनूं नहीं 'ग़ालिब' वले बक़ौले-हुज़ूर[7]
फ़िराक़े-यार[8] में तस्कीन हो, तो क्योंकर हो

5. बुरा दिन 6. दर्शनाभिलाषी नेत्र 7. हुज़ूर के अनुसार (हुज़ूर यहाँ बादशाह 'जफ़र' को कहा गया है) 8. प्रिय से वियोग।

21

ग़मे-फ़र्याद रखा शक्ल-ए-निहाली[1] ने मुझे
तब अमां हिज्र में दी बर्दे-लियाली[2] ने मुझे

निस्यह-ओ-नक़्द-ए-दो-आलम[3] की हक़ीक़त मालूम
ले लिया मुझसे मेरी हिम्मते-आली[4] ने मुझे

कसरत आराइ-ए-वहदत[5] है परस्तारि-ए-वह्म[6]
कर दिया काफ़िर इन अस्नामे-ख़याली[7] ने मुझे

हवसे-गुल का तसव्वुर में भी खटका न रहा
अजब आराम दिया बे-परो-बाली[8] ने मुझे

ज़िंदगी में भी रहा ज़ौक़-ए-फ़ना का मारा
नशा बख़्शा ग़ज़ब उस साग़र-ए-ख़ाली ने मुझे

बस-कि थी फ़स्ल-ए-ख़िज़ान-ए-चमानिस्तान-ए-सुख़न
रंग-ए-शोहरत न दिया ताज़ा-ख़याली ने मुझे

---

1. कालीन पर अंकित सुन्दर चित्रों ने 2. रातों की शीतलता ने 3. दोनों लोकों का उधार और नक़द 4. महान् साहस 5. एकत्व की अनेक रूपता 6. श्रम की पूजा 7. काल्पनिक प्रतिमाएं 8. पंखविहीनता।

जल्वा-ए-ख़ुर से फ़ना होती है शबनम 'ग़ालिब'
खो दिया सतवत-ए-अस्मा-ए-जलाली ने मुझे

22

गिला है शौक़ को दिल में भी तंगिए-जा[1] का
गुहर[2] में मह्व[3] हुआ इज़्तिराब[4] दरिया का

ये जानता हूँ कि तू और पासुख़े-मक्तूब[5]
मगर सितमज़दा हूँ जौक़े-ख़ामा-फ़रसा[6] का

हिना-ए-पाए-ख़िज़ां[7] है, बहार अगर है यही
दवाम[8] कुल्फ़ते-ख़ातिर[9] है ऐश दुनिया का

ग़मे-फ़िराक़ में तकलीफ़े सैरे-बाग़ न दो
मुझे दिमाग़ नहीं ख़न्द-हाए-बेजा[10] का

हनोज़[11] महरमी-ए-हुस्न[12] को तरसता हूँ
करे है हर बुने-मू[13] काम चश्मे-बीना का

दिल उसको पहले ही नाज़ो-अदा से दे बैठे
हमें दिमाग़ कहाँ हुस्न के तक़ाज़ा का

---

1. स्थान का अभाव 2. मोती 3. लीन 4. विकलता 5. पत्रोत्तर 6. पत्र लिखने का शौक़ 7. पतझड़ की मेंहदी 8. सच्चाई 9. हृदय का द्वेष 10. अनुचित मुसकान 11. अभी 12. सौन्दर्य का परिचय 13. रोमकूप।

न कह कि गिरिया[14] बमिक़्दारे-हसरते-दिल है
मेरी निगाह में है जमा-ओ-ख़र्च दरिया का

फ़लक को देख के करता हूँ उसको याद 'असद'
जफ़ा में उसकी है अन्दाज़ कारफ़र्मा[15] का

मिरा शुमूल हर इक दिल के पेच-ओ-ताब में है
मैं मुद्दआ हूँ तपिश-नामा-ए-तमन्ना का

मिली न वुसअ'त-ए-जौलान यक जुनूँ हम को
अदम को ले गए दिल में ग़ुबार सहरा का

---

14. रुदन 15. कार्यकर्ता।

23

ग़ुंच-ए-नाशगुफ़्ता[1] को, दूर से मत दिखा कि यूं
बोसा को पूछता हूँ मैं, मुँह से मुझे बता कि यूं

पुरसिशे-तर्ज़े-दिलबरी[2] कीजिये क्या कि बिन कहे
उसके हर एक इशारे से निकले है, ये अदा कि यूं

रात के वक़्त मैं पिये, साथ रक़ीब को लिये
आये वो या ख़ुदा करे, पर न करे ख़ुदा कि यूं

ग़ैर से रात क्या बनी, ये जो कहा, तो देखिये
सामने आन बैठना और ये देखना कि यूं

बज़्म में उसके रूबरू, क्यों न ख़मोश बैठिये
उसकी तो ख़ामुशी में भी है यही मुद्दआ कि यूं

मैंने कहा कि बज़्मे-नाज़[3] चाहिए ग़ैर से तही[4]
सुन के सितमज़रीफ़ ने, मुझको उठा दिया कि यूं

---

1. अविकसित 2. दिल छीनने का ढंग पूछना 3. माशूक़ की महफ़िल 4. ख़ाली।

कब मुझे कू-ए-यार में रहने की वज़अ याद थी
आइना-दार बन गई हैरत-ए-नक़्श-ए-पा कि यूँ

गर तिरे दिल में हो ख़याल वस्ल में शौक़ का ज़वाल
मौज मुहीत-ए-आब में मारे है दस्त-ओ-पा कि यूँ

मुझसे कहा जो यार ने, जाते हैं होश किस तरह
देख के मेरी बेख़ुदी[5] चलने लगी हवा कि यूं

जो ये कहे कि रेख़्ता[6] क्योंकर हो रश्क़े-फ़ारसी[7]
गुफ़्त-ए-'ग़ालिब'[8] एक बार, पढ़ के उसे सुना कि यूं

5. मस्ती 6. उर्दू 7. फ़ारसी के बराबर 8. ग़ालिब का कलाम।

24

ग़ैर लें महफ़िल में बोसे जाम के
हम रहें यूं तश्नालब[1] पैग़ाम के

ख़स्तगी[2] का तुमसे क्या शिकवा कि ये
हतकण्डे हैं चर्खे-नीली-फ़ाम[3] के

ख़त लिखेंगे, गर्चे-मतलब कुछ न हो
हम तो आशिक़ हैं तुम्हारे नाम के

रात पी ज़मज़म पे मैं और सुब्हे-दम
धोये धब्बे जामा-ए-अहराम[4] के

दिल को आँखों ने फंसाया क्या मगर
ये भी हल्क़े हैं तुम्हारे दाम के

शाह के है ग़ुस्ले-सेहत[5] की ख़बर
देखिये कब दिन फिरें हम्माम के

इश्क़ ने 'ग़ालिब' निकम्मा कर दिया
वरना हम भी आदमी थे काम के

---

1. प्यासे 2. बरबादी 3. नीलगगन 4. हज की पोशाक 5. आरोग्य के लिए किया जाना वाले स्नान।

25

घर जब बना लिया तेरे दर पर कहे बग़ैर
जानेगा अब भी तू न मेरा घर कहे बग़ैर

कहते हैं जब रही न मुझे ताक़ते-सुख़न1
जानूं किसी के दिल की मैं क्योंकर कहे बग़ैर

काम उससे आ पड़ा है कि जिसका जहान में
लेवे न कोई नाम, सितमगर कहे बग़ैर

जी में ही कुछ नहीं है हमारे, बगरना हम
सर जाये या रहे, न रहें, पर कहे बग़ैर

छोड़ूंगा मैं न उस बुते-काफ़िर को पूजना
छोड़े न ख़ल्क़[2] गो मुझे काफ़िर कहे बग़ैर

हरचन्द हो मुशाहिदा-ए-हक़[3] की गुफ़्तगू
बनती नहीं है बादा-ओ-साग़र[4] कहे बग़ैर

---

1. बोलने की शक्ति 2. जनता 3. ईश्वर के दर्शन 4. शराब और शराब का पात्र।

बहरा हूँ मैं, तो चाहिए दूना हो इल्तिफ़ात[5]
सुनता नहीं हूँ बात, मुकर्रर[6] कहे बग़ैर

'ग़ालिब' न कर हुज़ूर में तू बार-बार अर्ज़[7]
ज़ाहिर है तेरा हाल सब उन पर, कहे बग़ैर

5. कृपा 6. दोबारा 7. प्रार्थना।

26

घर हमारा जो न रोते भी, तो वीरां होता
बह्[1] गर बह् न होता, तो बयाबां होता

तंगि-ए-दिल का गिला क्या, ये वो काफ़िर दिल है
कि अगर तंग न होता, तो परीशां होता

बाद-यक उम्रे-वरा[2] बार, तो देता बारे[3]
काश रिज़्वां ही दरे-यार का दरबां होता

---

1. समुद्र 2. जीवन-भर के संयम के बाद 3. अवश्य।

27

चाहिए अच्छों को जितना चाहिए
ये अगर चाहें तो फिर क्या चाहिए

सोहबते-रिन्दां[1] से वाजिब है हज़र[2]
जाए-मय[3] अपने को खींचा चाहिए

चाक[4] मत कर जैब बे-अव्यामे-गुल[5]
कुछ उधर का भी इशारा चाहिए

दोस्ती का परदा है बेगानगी
मुँह छिपाना हमसे छोड़ा चाहिए

दुश्मनी ने मेरी खोया ग़ैर को
किस क़दर दुश्मन है, देखा चाहिए

मुनहसिर[6] मरने पे हो जिसकी उमीद
नाउमीदी उसकी देखा चाहिए

---

1. शराबियों की संगति 2. परहेज 3. मदिरालय 4. फाड़ना 5. वसन्त के बिना 6. निर्भर।

ग़ाफ़िल[7] इन मह-तल्अतों[8] के वास्ते
चाहने वाला भी अच्छा चाहिए

चाहते हैं ख़ूबरूयों[9] को 'असद'
आपकी सूरत तो देखा चाहिए

7. लापरवाह 8. चन्द्रमुखी 9. सुन्दरियों।

28

ज़ख़्म पर छिड़के कहाँ तिफ़्लाने-बेपरवा[1] नमक
क्या मज़ा होता, अगर पत्थर में भी होता नमक

गर्दे-रहे-यार है सामाननाज़े-जख़्मे-दिल[2]
वरना होता है जहाँ में किस क़दर पैदा नमक

मुझको अर्ज़ानी[3] रहे तुमको मुबारक हो जियो
नाल-ए-बुलबुल का दर्द और ख़न्द-ए-गुल का नमक

शोरे-जौलां[4] मैं था किनारे-बह्र पर किसका कि आज
गर्द-साहिल[5] है बज़ख़्मे-मौज-ए-दरिया[6] नमक

दाद देता है मेरे जमे-जिगर की वाह-वाह
याद करता है मुझे, देखे है वो जिसजा नमक

छोड़कर जाना तने-मजरूहे-आशिक़[7] हैफ़ है
दिल तलब करता है ज़ख़्म और मांगे है एज़ा[8] नमक

---

1. बेपरवा बालक 2. दिल के घाव के गर्व का सामान 3. सस्तापन 4. आगमन की धूमधाम 5. समुद्रतट की रेत 6. समुद्र की तरंगों के धावों के लिए 7. प्रेमी का घायल शरीर 8. अंग-प्रत्यंग।

ग़ैर की मिन्नत न खेंचूंगा, प-ए-तौक़ीरे-दर्द[9]
ज़ख़्म मिस्ते-ख़न्द-ए-क़ातिल है, सर ता पा नमक

याद है 'ग़ालिब' तुझे वो दिन कि वज्दे-ज़ौक़[10] में
ज़ख़्म से गिरता, तो मैं पलकों से चुनता था नमक

---

9. दर्द के सम्मान के लिए 10. आनन्द की मस्ती।

29

जब तक दहाने-ज़ख़्म[1] ना पैदा करे कोई
मुश्किल कि तुमसे रहे-सुख़न वा करे कोई

आलम ग़ुबारे-वहशते-मजनूं है सर ब सर[2]
कब तक ख़याले-तुर्र-ए-लैला[3] करे कोई

रोने से ऐ नदीम मलामत न कर मुझे
आख़िर कभी तो उक़्द-ए-दिल[4] वा करे कोई

चाके-जिगर से जब रहे-पुरसिश[5] न वा हुई
क्या फ़ायदा कि जैब को रुस्वा करे कोई

हर संगो-ख़िश्त[6] है सदफ़े-गोहरे-शिकस्त[7]
नुक़्सां नहीं, जुनूं से जो सौदा करे कोई

सरबर[8] हुई न वाद-ए-सब्र आज़्मा[9] से उम्र
फ़ुर्सत कहाँ कि तेरी तमन्ना करे कोई

---

1. घाव का मुँह 2. एक सिरे से दूसरे सिरे तक 3. निन्दा 4. मन की गांठ 5. आदर-सत्कार की राह 6. पत्थर और ईंट 7. शिकस्त के मोती का सीप 8. कर्तव्य-मुक्त 9. धैर्य की परीक्षा लेने वाला प्रण।

है वहशते-तबीअते-ईजाद[10] यास ख़ेज़
यह दर्द वो नहीं कि पैदा करे कोई

हुस्ने-फ़रोग़े-शम्ए-सुख़न[11] दूर है 'असद'
पहले दिले-गुदाख़्ता[12] पैदा करे कोई

10. आविष्कार 11. काव्य-रूपी दीपक की आभा 12. पिघला हुआ दिल।

30

जहाँ तेरा नक़्शे-क़दम देखते हैं
ख़ियाबां-ख़ियाबां[1] इरम[2] देखते हैं

दिल आशुफ़्तगां ख़ाले-कुंजे-दहन[3] के
सुवैदा में सैरे-अदम देखते हैं

तेरे सर्वे-क़ामत[4] से इक क़द्दे-आदम[5]
क़यामत के फ़ित्ने को कम देखते हैं

तमाशा कि ऐ मह्वे-आईनादारी[6]
तुझे किस तमन्ना से हम देखते हैं

सुराग़े-तफ़े-नाला[7] ले दाग़े-दिल से
कि शब-रौ[8] का नक़्शे-क़दम देखते हैं

बनाकर फ़क़ीरों का हम भेस 'ग़ालिब'
तमाशा-ए-अह्ले-करम[9] देखते हैं

1. क्यारी-क्यारी 2. स्वर्ग 3. अधर के कोने का तिल 4. सर्व के पेड़ की ऊँचाई 5. मनुष्य जितना 6. आईना देखने में लीन 7. आह की तपिश का पता 8. रात का राही 9. बुद्धिमानों का तमाशा।

31

ज़िक्र उस परीवश[1] का और फिर बयां अपना
बन गया रक़ीब आख़िर, था जो राज़दां[2] अपना

मैं वो क्यूं बहुत पीते बज़्मे-ग़ैर में यारब
आज ही हुआ मंज़ूर उनको इन्तिहां अपना

मंज़र[3] इक बुलन्दी पर, और हम बना सकते
अर्श[4] से उधर होता, काश कि मकां अपना

दे वो जिस क़दर ज़िल्लत, हम हंसी में टालेंगे
बारे-आश्ना निकला उनका पासबां[5] अपना

दर्दे-दिल लिखूं कब तक, जाऊँ उनको दिखला दूं
उँगलियाँ फ़िगार[6] अपनी, ख़ामा[7] ख़ूंचकां[8] अपना

घिसते-घिसते मिट जाता, आपने अबस[9] बदला
नंगे-सिज्दा[10] से मेरे, संगे-आस्तां[11] अपना

---

1. परी के समान सुन्दर 2. राज़ जानने वाला 3. दृश्य 4. आकाश 5. संरक्षक 6. घायल 7. लेखनी 8. रक्तरञ्जित 9. व्यर्थ 10. माथा टेकने के चिह्न 11. दहलीज़ का पत्थर।

हम कहाँ के दाना[12] थे, किस हुनर में यकता[13] थे
बेसबब हुआ 'ग़ालिब' दुश्मन आसमां अपना

12. बुद्धिमान् 13. अद्वितीय।

32

ज़िक्र मेरा ब-बदी भी उसे मंज़ूर नहीं
ग़ैर की बात बिगड़ जाये, तो कुछ दूर नहीं

बाधा-ए-सैरे-गुलिस्तां है ख़ुशा[1] ताला-ए-शौक़[2]
मुज़्द-ए-क़त्ल[3] मुक़द्दर है, जो मज़्कूर[4] नहीं

शाहिदे-हस्ति-ए-मुतलक़[5] की कमर है आलम
लोग कहते हैं कि है, पर हमें मंज़ूर नहीं

क़तरा अपना भी हक़ीक़त में है दर्या, लेकिन
हमको तक़्लीदे-तुनुक-ज़र्फिए-मंसूर[6] नहीं

हसरते-ज़ौक़े-ख़राबी की वो ताक़त न रही
इश्क़े-पुर अर्बदा[7] की गौ[8] तने-रंजूर[9] नहीं

मैं जो कहता हूँ कि हम लेंगे क़यामत में तुम्हें
किस रऊनत[10] से वो कहते हैं कि हम हूर नहीं

---

1. प्रसन्नता की बात 2. शौक़ का भाग्य 3. क़त्ल की खुशख़बरी 4. उल्लेख 5. ईश्वर पूर्ण अस्तित्व वाला 6. मंसूर के ओछेपन का अनुसरण 7. झगड़ालू प्रेम 8. योग्य 9. रोगी शरीर 10. घमण्ड।

जुल्म कर जुल्म, अगर लुफ़्त-दरेग़[11] आता हो
तू तग़ाफ़ुल में किसी रंग से माज़ूर[12] नहीं

हूँ ज़ुहूरी[13] के मुक़ाबिल में ख़िफ़ाई 'ग़ालिब'
मेरे दावे पे ये हुज्जत है कि मशहूर नहीं

11. अच्छा लगना 12. विवश 13. फारसी के एक प्रसिद्ध कवि।

33

जिस बज़्म में तू नाज़ से गुफ़्तार में आवे
जौ काल्बुदे-सूरते-दीवार[1] में आवे

साये की तरह साथ फिरें सर्वो-सनोवर[2]
तू इस कदे-दिलकश से जो गुलजार में आवे

तब नाझे-गिरां मायगि-ए-अश्क[3] बजा है
जब लख़्ते-जिगर दीद-ए-ख़ूंबार[4] में आवे

दे मुझको शिकायत की इजाज़त कि सितमगर
दे मुझको मज़ा भी मेरे आज़ार में आवे

उस चश्मे-फ़ुसूंगर[5] का अगर पाये इशारा
तूती की तरह आईना गुफ़्तार में आवे

---

1. दीवार का आकार 2. सरो और सनोवर के वृक्ष 3. आँसुओं का अपनी बहुमूल्यता पर गर्व 4. रक्त बरसाने वाली आँखें 5. जादू-भरी आँखें।

34

जुल्मतक़दे[1] में मेरे शबे-ग़म का जोश है
इक शम्अ है दलीले-सहर, सो ख़मोश है

ना मुज़्दए-विसाल[2] ना नज़्ज़ारा-ए-जमाल
मुद्दत हुई कि आश्ती-ए-चश्मो-गोश[3] है

मैंने किया है हुस्ने-ख़ुद आरा को बेहिजाब
ऐ शौक़ यां इजाज़ते-तस्लीमे-होश है

दीदार बादा हौसला साक़ी निगाहे-मस्त
बज़्मे-ख़याल मैकदा-ए-बे-ख़रोश[4] है

ऐ ताज़ा वारिदाने-बिसाते-हवा-ए-दिल
ज़िन्हार[5] अगर तुम्हें हबस-ए-नाए व नोश[6] है

देखो मुझे जो दीदा-ए-इबरत निगाह हो
मेरी सुनो जो गोशे-नसीहत-नियोश[7] है

1. अंधियारा घर 2. मिलन की शुभ सूचना 3. कान व आँख की मित्रता 4. मधुशाला का सूनापन 5. सचेत 6. पीने की इच्छा 7. सदुपदेश सुनने वाले कान।

या शब को देखते थे कि हर गोशा-ए-बिसात
दामाने-बाग़बानो-कफ़े-गुलफ़रोश है

आते हैं ग़ैब से ये मज़ामीं ख़याल में
'ग़ालिब' सरीरे-ख़ामा[8] नवा-ए-सरोश[9] है

8. क़लम की आवाज़ 9. जिब्रील नामक फ़रिश्ते की आवाज़।

35

जौर[1] से बाज[2] आये, पर बाज आयें क्या
कहते हैं, हम तुझको मुँह दिखलायें क्या

रात-दिन गर्दिश[3] में हैं सात आसमां
हो रहेगा कुछ-न-कुछ, घबरायें क्या

लाग[4] हो, तो उसको हम समझें लगाव
जब न हो कुछ भी, तो धोका खायें क्या

हो लिये क्यों नामाबर[5] के साथ-साथ
यारब अपने ख़त को हम पहुँचायें क्या

मौजे-ख़ूं[6] सर से गुज़र ही क्यों न जाये
आस्ताने-यार[7] से उठ जायें क्या

उम्र-भर देखा किये मरने की राह
मर गये, पर देखिये दिखलायें क्या

पूछते हैं वो कि 'ग़ालिब' कौन है
कोई बतलाओ कि हम बतलायें क्या

---

1. अत्याचार 2. रुकना 3. घूमना 4. दुश्मनी 5. सन्देशवाहक 6. रक्त की तरंग 7. प्रिय का दर।

36

तस्कीं को हम न रोयें जो ज़ौक़े-नज़र[1] मिले
हूराने-ख़ुल्द[2] में तेरी सूरत मगर मिले

अपनी गली में मुझको न कर दफ़्न बादे-क़त्ल
मेरे पते से ख़ल्क़ को क्यों तेरा घर मिले

साक़ीगरी की शर्म करो आज, वरना हम
हर शब पिया ही करते हैं मैं, जिस क़दर मिले

तुझसे तो कुछ कलाम नहीं, लेकिन ऐ नदीम[3]
मेरा सलाम कहियो, अगर नामाबर मिले

तुमको भी हम दिखायें कि मजनूं ने क्या किया
फ़ुर्सत कशाकशे-ग़मे-पिनहां[4] से गर मिले

लाज़िम नहीं कि ख़िज्र की हम पैरवी करें
जाना कि इक बुज़ुर्ग हमें हमसफ़र मिले

---

1. दृष्टि की अभिरुचि पूर्ण करने वाली माशूक़ा की सूरत 2. स्वर्ग की अप्सराएं 3. साथी 4. आन्तरिक दुःखों की खींचतान।

ऐ साकिनाने-कूच-ए-दिलदार[5] देखना
तुमको कहीं जो 'ग़ालिबे' आशुफ़्तासर[6] मिले

5. प्रिय की गली में बसने वाले 6. सरफिरा ग़ालिब।

37

तुम जानो, तुमको ग़ैर से जो रस्सों-राह[1] हो
मुझको भी पूछते रहो, तो क्या गुनाह हो

बचते नहीं मुवाख़िज़ा[2]-ए-रोज़े-हश्र[3] से
क़ातिल अगर रक़ीब है, तो तुम गवाह हो

क्या वो भी बेगुनह-कुश-ओ-हक-नाशनास[4] है
माना कि तुम बशर[5] नहीं, ख़ुरशीदो-माह[6] हो

उभरा हुआ नकाब में है उनके एक तार
मरता हूँ मैं कि ये न किसी की निगाह हो

जब मैकदा छुटा, तो फिर अब क्या जगह की क़ैद
मसजिद हो, मदरसा हो, कोई ख़ानक़ाह[7] हो

सुनते हैं जो बहिश्त[8] की तारीफ़, सब दुरुस्त
लेकिन ख़ुदा करे, वो तेरा जलवागाह[9] हो

---

1. मेल-मिलाप 2. पकड-धकड़ 3. प्रलय के दिन 4. घातक व सत्य से अनभिज्ञ 5. दुनिया के लोग 6. सूरज-चाँद 7. आश्रम 8. स्वर्ग 9. दर्शन-स्थल।

'ग़ालिब' भी गर न हो, तो कुछ ऐसा ज़रर[10] नहीं
दुनिया हो यारब और मेरा बादशाह हो

10. हानि।

38

तू दोस्त किसी का भी सितमगर न हुआ था
औरों पे है वो ज़ुल्म कि मुझ पर न हुआ था

छोड़ा महे-नख़शब[1] की तरह दस्ते-क़ज़ा[2] ने
ख़ुरशीद[3] हनोज़[4] उसके बराबर न हुआ था

तौफ़ीक़[5] बअन्दाज़-ए-हिम्मत[6] है अज़ल[7] से
आँखों में हो वो क़तरा कि गोहर[8] न हुआ था

जब तक कि न देखा था क़दे-यार[9] का आलम
मैं मोतक़िदे[10] फ़ित्न-ए-महशर[11] न हुआ था

मैं सादा-दिल आज़ुर्दगी-ए-यार[12] से ख़ुश हूँ
यानी सबक़-ए-शौख़[13] मुकर्रर न हुआ था

दरिया-ए-मआसी[14] तुनुक-आबी[15] से हुआ ख़ुश्क
मेरा सरे-दामन भी अभी तर न हुआ था

---

1. कृत्रिम चाँद 2. मौत के हाथ 3. सूर्य 4. अभी 5. सामर्थ्य 6. साहस के अनुरूप 7. सृष्टि 8. मोती 9. प्रिय की ऊँचाई 10. मानने वाला 11. प्रलय 12. प्रिय की उदासी 13. प्रेम का पाठ 14. पाप की नदी 15. पानी की कमी।

जारी थी 'असद' दाग़े-जिगर से मेरे तह्सील[16]
आतिशकदा जागीरे-समन्दर न हुआ था

16. प्राप्त करना।

39

तेरे तीसन[1] को सबा बांधते हैं
हम भी मज़्मूं[2] की हवा बांधते हैं

आह का किसने असर देखा है
हम भी इक अपनी हवा बांधते हैं

तेरी फ़ुर्सत[3] के मुक़ाबिल ऐ उम्र
बर्क़ को पा-ब-हिना[4] बांधते हैं

क़ैदे-हस्ती[5] से रिहाई मालूम
अश्क को बे-सरो-पा[6] बांधते हैं

नश्शाए-रंग[7] से है वाशुदे-गुल[8]
मस्त कब बन्दे-क़बा[9] बांधते हैं

ग़लती-हाए-मज़ामी[10] मत पूछ
लोग नाले को रसा[11] बांधते हैं

1. घोड़ा 2. विषय 3. तीव्र गति 4. मेंहदी लगे पाँव 5. जीवन की क़ैद 6. निराधार 7. रंग की पैदाइश 8. फूलों का खिलना अंगरखे की डोरियां 10. विषय की त्रुटियां 11. पहुँचने तक।

अहले- तदबीर की वामादगियां[12]
आबलों पर भी हिना बांधते हैं

सादा-पुरकार[13] है ख़ूबाँ[14] 'ग़ालिब'
हमसे पैमाने-वफ़ा[15] बांधते हैं

पाँव में जब वो हिना बाँधते हैं
मेरे हाथों को जुदा बाँधते हैं

हुस्न-ए-अफ़्सुर्दा-दिली- हा-रंगीं
शौक़ को पा-ब-हिना बाँधते हैं

क़ैद में भी है असीरी आज़ाद
चश्म-ए-ज़ंजीर को वा बाँधते हैं

शैख़-जी का'बे का जाना मा'लूम
आप मस्जिद में गधा बाँधते हैं

किस का दिल ज़ुल्फ़ से भागा कि 'असद'
दस्त-ए-शाना ब-क़ज़ा बाँधते हैं

तेरे बीमार पे हैं फ़रियादी
वो जो काग़ज़ में दवा बाँधते हैं

---

12. थकान 13. भोले व चतुर 14. प्रियवर 15. प्रेम-निर्वाह का प्रण।

40

दर्द मिन्नत-कशे-दवा[1] न हुआ
मैं न अच्छा हुआ, बुरा न हुआ

जमा करते हो क्यों रक़ीबों[2] को
इक तमाशा हुआ, गिला न हुआ

हम कहाँ क़िस्मत आजमाने जायें
तू ही जब ख़ंजर-आज़मा[3] न हुआ

कितने शीरीं[4] हैं तेरे लब कि रक़ीब
गालियां खा के बेमज़ा न हुआ

है ख़बर गर्म उनके आने की
आज ही घर में बोरिया[5] न हुआ

क्या वो नमरूद[6] की ख़ुदाई थी
बन्दगी में मेरा भला न हुआ

औषधि का अभारी 2. विरोधी 3. ख़ंजर चलाने वाला 4. मीठे 5. बिस्तर आदि 6. एक क्रूर बादशाह।

जान दी, दी हुई उसी की थी
हक़[7] तो यूं है कि हक़ अदा न हुआ

रहज़नी है कि दिल-सितानी है
ले के दिल दिल-सिताँ रवाना हुआ

ज़ख़्म गर दब गया, लहू न थमा
काम गर रुक गया, रवा[8] न हुआ

कुछ तो पढ़िये कि लोग कहते हैं
आज 'ग़ालिब' ग़ज़लसरा[9] न हुआ

---

7. सच। 8. आरम्भ होना 9. ग़ज़ल कहने वाला।

41

दर्द से मेरे है तुझको बेक़रारी हाय-हाय
क्या हुई ज़ालिम तेरी ग़फ़लत-शिआरी[1] हाय-हाय

तेरे दिल में गर न था आशोबे-ग़म[2] का हौसला
तूने फिर क्यों की थी मेरी ग़मगुसारी[3] हाय-हाय

उम्र-भर का तूने पैमाने-वफ़ा[4] बांधा, तो क्या
उम्र को भी तो नहीं है पायदारी[5] हाय-हाय

ज़ह्र लगती है मुझे आबो-हवा-ए-ज़िन्दगी[6]
यानी तुझसे थी उसे नासाज़गारी[7] हाय-हाय

गुल-फ़िशानी-हाए-नाज़े-जलवा[8] को क्या हो गया
ख़ाक पर होती है तेरी लालाकारी[9] हाय-हाय

शमे-रुस्वाई[10] से जा छुपना नक़ाबे-ख़ाक[11] में
ख़त्म है उल्फ़त की तुझ पर पर्दादारी हाय-हाय

---

1. उदासीन व्यवहार 2. दुःख सहना 3. दुःख बांटना 4. प्रेम का पात्र 5. स्थायित्व 6. जीवन के उतार-चढ़ाव 7. अनुकूलता 8. गर्वित रूप की अठखेलियां 9. फूल-पत्तों का श्रृंगार 10. बदनामी की लज्जा 11. धूलरूपी परदा।

ख़ाक में नामूसे-पैमाने-मुहब्दत[12] मिल गयी
उठ गयी दुनिया से राहो-रस्मे-यारी[13] हाय-हाय

इश्क़ ने पकड़ा न था 'ग़ालिब' अभी वहशत का रंग
रह गया था दिल में जो कुछ ज़ौक़े-ख़्वारी[14]हाय-हाय

---

12. प्रेम-प्रण की प्रतिष्ठा 13. मित्र से मेल-जोल 14. रसानुभूति।

42

दह्र में नक्शे-वफ़ा वज्हे-तसल्ली न हुआ
है ये वो लफ़्ज़ कि शर्मिन्दा-ए-मानी[1] न हुआ

सब्ज़-ए-ख़त[2] से तेरा काकुले-सरकश[3] न दबा
यह ज़मर्रुद[4] भी हरीफ़े-दम-अफ़ई[5] न हुआ

मैंने चाहा था कि अन्दोहे-वफ़ा[6] से छूटूं
वो सितमगर मेरे मरने पे भी राज़ी न हुआ

दिल गुज़रगाह[7] ख़याले-मय-ओ-साग़र ही नहीं
गर नफ़स जाद-ए-सरमंज़िले तक़वी[8] न हुआ

हूँ तेरे वादा न करने में भी राज़ी कि कभी
गोश[9] मिन्नतकशे[10] गुलबांगे-तसल्ली[11] न हुआ

किससे महरूमिए-क़िस्मत की शिकायत कीजै
हमने चाहा था कि मर जायें, सो वो भी न हुआ

---

1. सार्थक 2. चेहरे के बाल 3. चंचल केशराशि 4. एक पत्थर का नाम 5. सांप-जैसा विरोधी 6. प्रणय-दुःख 7. रास्ता 8. परलोक 9. काल 10. कृतज्ञ 11. सांत्वना की मधुर ध्वनि।

मर गया सदमा-ए-यक जुम्बिशे-लब[12] से 'ग़ालिब'
नातवानी[13] से हरीफ़े-दमे-ईसा[14] न हुआ

12. होठों के कम्पन का आघात 13. दुर्बलता 14. ईसा का प्रतिद्वन्द्वी।

43

दाइम[1] पड़ा हुआ तेरे दर पर नहीं हूँ मैं
ख़ाक ऐसी ज़िन्दगी पे कि पत्थर नहीं हूँ मैं

क्यों गर्दिशे-मुदाम[2] से घबरा न जाये दिल
इंसान हूँ, प्याला-ओ-साग़र नहीं हूँ मैं

यारब! ज़माना मुझको मिटाता है किसलिए
लोहे-जहाँ[3] पे हर्फ़े-मुकर्रर[4] नहीं हूँ मैं

हद चाहिए सज़ा में उक़ूबत[5] के वास्ते
आख़िर गुनाहगार हूँ, काफ़िर नहीं हूँ मैं

किस वास्ते अज़ीज़ नहीं जानते मुझे
लालो-ज़मुरूदो-ज़रो-गौहर[6] नहीं हूँ मैं

रखते हो तुम क़दम मेरी आँखों से क्यूं दरीग़
रुतबे में मेहरो-माह से कमतर नहीं हूँ मैं

---

1. हमेशा 2. हमेशा की चिन्ता 3. सांसारिक तख्ती 4. पुन: लिखा हुआ अक्षर 5. कष्ट 6. लाल-पन्ना-सोना-मोती।

करते हो मुझको मन-ए-क़दम-बोस[7] किसलिए
क्या आसमान के भी बराबर नहीं हूँ मैं

'ग़ालिब' वज़ीफ़ाख़्वार[8] हो, दो शाह को दुआ
वो दिन गये कि कहते थे नौकर नहीं हूँ मैं

---

7. चरण स्पर्श से मना करना 8. वृत्तिका पाने वाला।

44

दिया है दिल अगर उसको, बशर[1] है, क्या कहिये
हुआ रक़ीब[2], तो हो, नामाबर[3] है, क्या कहिये

ये ज़िद कि आज ना आवे, और आये बिन न रहे
क़ज़ा[4] से शिकवा हमें किस क़दर है, क्या कहिये

ज़हे-करिश्मा[5] कि यूं दे रखा है हमको फ़रेब
कि बिन कहे ही उन्हें सब ख़बर है, क्या कहिये

समझ के करते हैं बाज़ार में वो पुरसिशे हाल[6]
कि ये कहे कि सरे रहगुज़र है, क्या कहिये

हसद, सज़ाए-कमाले-सुख़न[7] है, क्या कीजै?
सितम बहाए मताए-हुनर[8] है, क्या कहिये?

कहा है किसने कि ग़ालिब बुरा नहीं, लेकिन
सिवाए इसके कि आशुफ़्तासर[9] है, क्या कहिये

---

1. मनुष्य 2. प्रतिस्पर्धी 3. सन्देश-वाहक 4. मृत्यु 5. वाह रे चमत्कार 6. हाल पूछना 7. काव्य_-कला की पूर्णता का दण्ड 8. कलारूपी सम्पत्ति का मूल्य 9. दीवाना।

45

दिल मेरा सोज़े-निहां[1] से बेमुहाबा[2] जल गया
आतिशे-ख़ामोश की मानिन्द गोया जल गया

दिल में ज़ौक़े-वस्ल-ओ याद-ए--यार तक बाक़ी नहीं
आग इस घर को लगी ऐसी कि जो था जल गया

मैं अदम से भी परे हूँ, वरना ग़ाफ़िल[3] बारहा
मेरी आहे-आतिशीं से बाले-अन्क़ा[4] जल गया

अर्ज़ कीजै, ज़ौहरे-अन्देशा[5] की गरमी कहाँ
कुछ ख़याल आया था वहशत का कि सहरा जल गया

दिल नहीं तुझको दिखाता, वरना दाग़ों की बहार
इस चरागा का करूं क्या कार फ़र्मा[6] जल गया

मैं हूँ और अफ़्सुर्दगी[7] की आर्ज़ू 'ग़ालिब'! कि दिल
देखकर तर्ज़े-तपाके[8] अह्ले-दुनिया[9] जल गया

---

1. आन्तरिक जलन 2. एकदम 3. लापरवाह 4. एक प्रकार के पक्षी का पंख 5. चिन्तन का तत्त्व 6. कार्यकर्ता 7. उदास 8. व्यावहारिकता 9. दुनिया वाले।

ख़ानमान-ए-आशिक़ाँ दुकान-ए-आतिश-बाज़ है
शो'ला-रू जब हो गए गर्म-ए-तमाशा जल गया

ता कुजा अफ़सोस-ए-गरमी-हा-ए-सोहबत ऐ ख़याल
दिल बा-सोज़-ए-आतिश-ए-दाग़-ए-तमन्ना जल गया

है 'असद' बेगाना-ए-अफ़्सुर्दगी ऐ बेकसी
दिल ज़-अंदाज़-ए-तपाक-ए-अहल-ए-दुनिया जल गया

दूद मेरा संबुलिस्ताँ से करे है हम-सरी
बस-कि शौक़-ए-आतिश-गुल से सरापा जल गया

शम्अ-रूयाँ की सर-अंगुश्त-ए-हिनाई देख कर
ग़ुंचा-ए-गुल पर-फ़िशाँ परवाना-आसा जल गया

46

दिल से तेरी निगाह जिगर तक उतर गयी
दोनों को इक अदा में रज़ामन्द कर गयी

शक़[1] हो गया है सीना खोशा-लज़्ज़ते-फ़िराग़[2]
तकलीफ़े-पर्दादारि-ए-ज़ख़्मे-जिगर गयी

वो बादा-ए-शबाना[3] की सरमस्तियां कहाँ
उठिये बस अब कि लज़्ज़ते-ख़्वाबे-सहर गयी

उड़ता फिरे है ख़ाक मेरी कूए-यार में
बारे-अब-ऐ हवा हवस-ए-बालो-पर गयी

देखो तो दिल फ़रेबि-ए-अन्दाज़े-नक़्शे-पा
मौजे ख़िरामे-यार भी क्या गुल कतर गयी

हर बुलहवस[4] ने हुस्न-परस्ती-शिआर[5] की
अब आबरू-ए-शेवा-ए-अह्ले-नज़र[6] गयी

---

1. फटना 2. वियोग का आनन्द 3. रात की शराब 4. व्यसनी 5. सौन्दर्य की पूजा को आदत बनाना 6. सौन्दर्य-पारखियों का मान करना।

नज़्ज़ारे ने भी काम किया वां नक़ाब का
मस्ती से हर निगह तेरे रुख़ पर बिखर गयी

फ़र्दा-व-दी[7] का तफ़र्क़ा[8] यक बार मिट गया
कल तुम गये कि हम पे क़यामत गुज़र गयी

मारा ज़माने ने 'असदउल्लाह ख़ां' तुम्हें
वो वलवले कहाँ, वो जवानी किधर गयी

---

7. बीता हुआ व आने वाला कल 8. भेद।

47

दिल ही तो है, न संगो-ख़िश्त[1] दर्द से भर न आये क्यों
रोयेंगे हम हज़ार बार, कोई हमें सताये क्यों

दैर[2] नहीं, हरम[3] नहीं, दर नहीं, आस्तां नहीं
बैठे हैं रहगुज़र पे हम, कोई हमें उठाये क्यों

जब वो जमाले-दिल-फ़रोज़,[4] सूरते-मेह्रे नीम-रोज़[5]
आप ही हो नज़ारा-सोज़, पर्दे में मुँह छिपाये क्यों

दश्ना-ए-ग़म्ज़ा[6] जांसितां,[7] नावके-नाज़[8] बेपनाह
तेरा ही अक्से-रुख़ सही, सामने तेरे आये क्यों

क़ैदे-हयात-ओ-बन्दे-ग़म[9] अस्ल में दोनों एक हैं
मौत से पहले आदमी, ग़म से निजात पाये क्यों

हुस्न और उस पे हुस्ने-ज़न[10] रह गयी बुलहवस की शर्म
अपने पे एतमाद है, ग़ैर को आज़ेमाये क्यों

1. पत्थर और ईंट 2. मन्दिर 3. काबा 4. मनोहारी रूप-सौन्दर्य 5. दोपहर के सूर्य-जैसा 6. भ्रू-विलास की क़तार 7. जानलेवा 8. नख़रों के तीर 9. जीवन का बन्धन और व्यक्ति के दुःख 10. विचार की सुन्दरता।

वां वो ग़ुरूरे-इज्ज़ो-नाज़,[11] या ये हिजाबे-पासे-वजा[12]
राह में हम मिलें कहाँ, बज़्म में वो बुलाये क्यों
हां, वो नहीं ख़ुदापरस्त[13] जाओ वो बेवफ़ा सही
जिसको हों दीन-ओ-दिल अज़ीज़, उसकी गली में जाये क्यों

'ग़ालिबे'-ख़स्ता के बग़ैर कौन से काम बन्द हैं
रोइये ज़ार-ज़ार क्या, कीजिये हाय-हाय क्यों

---

11. मान व रूप का गर्व 12. स्वाभिमान। 13. आस्तिक।

48

दिले-नादां तुझे हुआ क्या है
आख़िर इस दर्द की दवा क्या है

हम हैं मुश्ताक़[1] और वो बेज़ार
या इलाही! ये माजरा[2] क्या है

मैं भी मुँह में ज़ुबान रखता हूँ
काश पूछो कि मुद्दआ[3] क्या है

जबकि तुझ बिन नहीं कोई मौजूद
फिर ये हंगामा-ए-ख़ुदा[4] क्या है

सब्ज़-ओ-गुल[5] कहाँ से आये हैं
अब्र[6] क्या चीज़ है, हवा क्या है

हमको उनसे वफ़ा की है उम्मीद
जो नहीं जानते वफ़ा क्या है

---

1. उत्सुक 2. तमाशा 3. आशय 4. सांसारिक चहल-पहल 5. हरियाली और फूल।

हां, भला कर, तेरा भला होगा
और दरवेश[7] की सदा क्या है

ये परी-चेहरा लोग कैसे हैं
ग़म्ज़ा ओ इश्वा ओ अदा क्या है

शिकन-ए-ज़ुल्फ़-ए-अंबरीं क्यूँ है
निगह-ए-चश्म-ए-सुरमा सा क्या है

जान तुम पर निसार करता हूँ
मैं नहीं जानता, दुआ क्या है

मैंने माना कि कुछ नहीं 'ग़ालिब'
मुफ़्त हाथ आये, तो बुरा क्या है

---

6. बादल 7. सूफी।

49

दीवानगी से दोश[1] पे ज़ुन्नार[2] भी नहीं
यानी हमारी जैब में इक तार भी नहीं

दिल को नियाज़े-हसरते-दीदार[3] कर चुके
देखा, तो हममें ताक़ते-दीदार भी नहीं

मिलना तेरा अगर नहीं आसां, तो सहल है
दुश्वार तो यही है कि दुश्वार भी नहीं

बे-इश्क़ उम्र कट नहीं सकती है और यां
ताक़त-बक़द्रे-लज़्ज़ते-आज़ार[4] भी नहीं

डर नाला-हाय-ज़ार[5] से मेरे ख़ुदा को मान
आख़िर नवा-ए-मुर्ग़े-गिरिफ़्तार[6] भी नहीं

दिल में है यार की सफ़े-मिज़गां[7] से रूकशी
हालांकि ताक़ते-ख़लिशे-ख़ार[8] भी नहीं

---

1. कन्या 2. जनेऊ 3. दर्शन की अभिलाषा 4. रोग का आनन्द लेने की शक्ति 5. दुःख व्यथा 6. पिंजरे में बन्द पक्षी का स्वर 7. पलकें 8. कांटों की चुभन सहने की शक्ति।

इस सादगी पे कौन न मर जाये ऐ ख़ुदा
लड़ते हैं और हाथ में तलवार भी नहीं

देखो 'असद' को ख़ल्वतो-जल्वत[9] में बारहा
दीवाना गर नहीं है, तो हुशयार भी नहीं

---

9. एकान्त और भीड़।

50

दरख़ुरे-क़हरो-ग़ज़ब[1] जब कोई हम-सा न हुआ
फिर ग़लत क्या है कि हम सा कोई पैदा न हुआ

बन्दगी में भी वो आज़ादा व ख़ुदबीं[2] हैं कि हम
उलटे फिर आये दरे-काबा अगर वा[3] न हुआ

सबको मक़्बूल[4] है दावा तेरी यकताई[5] का
रूबरू कोई बुते-आईना सीमा[6] न हुआ

कम नहीं नाज़िशे-हमनामि-ए-चश्मे-ख़ूबां[7]
तेरा बीमार, बुरा क्या है, गर अच्छा न हुआ

सीने का दाग़ है वो नाला[8] कि लब तक न गया
ख़ाक का रिज़्क[9] है, वो क़तरा जो दर्या न हुआ

नाम का मेरे है जो दुःख कि किसी को न मिला
काम में मेरे है जो फ़ित्ना कि बरपा न हुआ

---

1. क्रोध व अत्याचार के योग्य 2. स्वच्छन्द व अभिमानी 3. खुला हुआ 4. स्वीकार श्रेष्ठता 6. दर्पण-जैसा चमकने वाला माशूक़ 7. सुन्दर नेत्रों के समान होने का गर्व 8. रुदन 9. खुराक़।

हर बुने-मू[10] से दमे-ज़िक्र, न टपके ख़ूंनाब[11]
हम्ज़ा[12] का क़िस्सा हुआ, इश्क़ का चर्चा न हुआ

क़तरा में दज्ला दिखाई न दे और जुज़्व[13] में कुल[14]
खेल लड़कों का हुआ, दीदा-ए-बीना[15] न हुआ

थी ख़बर गर्म कि 'ग़ालिब' के उड़ेंगे पुर्ज़े
देखने हम भी गये थे, प तमाशा न हुआ

---

10. बाल की खाल 11. शुद्ध रक्त 12. दास्तान अमीर हम्ज़ा। 13. अंश 14. पूर्ण 15. देखने वाली आँखें।

51

देखना क़िस्मत कि आप अपने पे रश्क आ जाये है
मैं उसे देखूं, भला कब मुझसे देखा जाये है

हाथ धो दिल से, यही गरमी गर-अन्देशे[1] में है
आबगीना[2] तुन्दी-ए-सहबा[3] से पिघला जाये है

ग़ैर को यारब वो क्योंकर मर-गुस्ताख़ी[4] करे
गर हया भी उसको आती है, तो शरमा जाये है

शौक़ को ये लत कि हरदम नाला खींचे जाइये
दिल की वो हालत कि दम लेने से घबरा जाये है

गर्चे है तर्ज़े-तग़ाफ़ुल[5] पर्दादारे-राज़े-इश्क़[6]
पर हम ऐसे खोये जाते हैं कि वो पा जाये है

उसकी बज़्म-आराइयां सुनकर दिले-रंजूर[7] यां
मिस्ले-नक़्शे-मुद्दआ-ए-ग़ैर[8] बैठा जाये है

1. चिन्तन 2. शीशे का पात्र 3. शराब की तेजी 4. धृष्टता से इनकार 5. उपेक्षा का ढंग 6. प्रेम के भेद को छिपाने वाला 7. दुखी मन 8. विपक्षी के प्रणय की छाप-जैसा।

हो के आशिक वो परी रुख़[9] और नाज़ुक बन गया
रंग खिलता जाये है, जितना कि उड़ता जाये है

नक्श[10] को उसके, मुसव्विर[11] पर भी क्या-क्या नाज़ हैं
खींचता है जिस क़दर, उतना ही खिंचता जाये है

साया मेरा मुझसे मिस्ते-दूद[12] भागे है 'असद'
पास मुझ आतिश बज़ां[13] के किससे ठहरा जाये है

---

9. परी-जैसा सुन्दर। 10. चित्र 11. चित्रकार 12. धुएं के समान 13. जिसके प्राण तप रहे हों।

52

दोस्त ग़मख़्वारी[1] में मेरी सई[2] फ़रमावेंगे क्या
ज़ख़्म के भरते तलक नाख़ुन न बढ़ जावेंगे क्या

बेनियाज़ी[3] हद से गुज़री बन्दापरवर कब तलक
हम कहेंगे हाले-दिल और आप फ़रमावेगे क्या

हज़रते-नासेह[4] गर आयें दीद-ओ-दिल फ़र्शे-राह[5]
कोई मुझको यह तो समझा दो कि समझावेंगे क्या

आज वां तेग़ो-कफ़न[6] बांधे हुए जाता हूँ मैं
उज़्र मेरे क़त्ल करने में वो अब लावेंगे क्या

गर किया नासेह ने हमको क़ैद, अच्छा यूं सही
ये जुनूने-इश्क़ के अन्दाज़ छुट जावेंगे क्या

ख़ानाज़ादे-ज़ुल्फ़[7] हैं ज़ंजीर से भागेंगे क्यों
हैं गिरिफ़्तारे-वफ़ा, ज़िन्दां[8] से घबरावेंगे क्या

1. दुःख बाँटने 2. कोशिश 3. उपेक्षा 4. उपदेशक महोदय 5. रास्ते की ज़मीन 6. तलवार और कफ़न 7. ज़ुल्फ़ों का क़ैदी 8. कारागार।

है अब इस मामूरा[9] में क़ह्ते-ग़मे उल्फ़त[10] 'असद'
हमने यह माना कि दिल्ली में रहें, खावेंगे क्या

9. नगर 10. प्रणय के दुःख का अकाल।

53

धमकी में मर गया, जो न बाबे-नबर्द[1] था
इश्क़े-नबर्द-पेशा[2] तलबगारे-मर्द[3] था

था ज़िन्दगी में मर्ग[4] का खटका लगा हुआ
उड़ने से पेशतर[5] भी मेरा रंग ज़र्द[6] था

तालीफ़[7] नुस्ख़ा-हाए-वफ़ा[8] कर रहा था मैं
मजमुअ-ए-ख़याल[9] अभी फ़र्द-फ़र्द[10] था

दिल ता जिगर कि साहिले-दरिया-ए-ख़ूं है अब
इस रहगुज़र में जल्वा-ए-गुल आगे गर्द था

जाती है कोई कशमकश अन्दोहे-इश्क़[11] की
दिल भी अगर गया, तो वही दिल का दर्द था

अह्बाब चारा-साज़ि-ए-वहशत[12] न कर सके
ज़िन्दां में भी ख़याल बयाबा-नवर्द[13] था

---

1. युद्धाभ्यासी 2. झगड़ालू 3. पुरुषत्व का इच्छुक 4. मृत्यु 5. पहले 6. भगवा 7. सम्पादन 8. वक्ता के सूत्र 9. विचारों का समूह 10. बिखरा हुआ 11. प्रणय की वेदना 12. पागलपन का इलाज 13 . जंगल में घूमना।

ये लाश बेकफ़न 'असद'-ए-ख़स्ता-जां की है
हक़ मग्फ़िरत[14] करे, अजब आज़ाद मर्द था

14. क्षमा करना।

54

धोता हूँ जब मैं पीने को उस सीमतन[1] के पाँव
रखता है ज़िद से खींच के बाहर लगन[2] के पाँव

दी सादगी से जान, पड़ूं कोहकन[3] के पाँव
हैहात[4] क्यों न टूट गये परिज़न[5] के पाँव

भागे थे हम बहुत, सो उसी की सज़ा है यह
होकर असीर दाबते हैं राहज़न के पाँव

मरहम की जुस्तजू में फिरा हूँ जो दूर-दूर
तन से सिवा फ़िगार[6] हैं, इस ख़स्ता-तन के पाँव

अल्लाह रे! ज़ौक़े-दश्त-नवर्दी[7] कि बादे-मर्ग8
हिलते हैं ख़ुद-ब-ख़ुद मेरे, अन्दर कफ़न के पाँव

है जोशे-गुल बहार में याँ तक कि हर तरफ़
उड़ते हुए उलझते हैं मुर्ग़े-चमन[9] के पाँव

---

1. चांदी के-से तन वाली 2. जलपात्र 3. पहाड़ काटने वाला फ़रहाद 4. अफ़सोस 5. शीरीं की मौत की झूठी ख़बर देने वाली वृद्धा जो फ़रहाद की मौत का कारण बनी 6. ज़ख़्मी 7. वन-वन घूमने का शौक़ 8. मृत्यु के बाद 9. बाग़ का पंछी।

शब को किसी के ख़्वाब में आया न हो कहीं
दुखते हैं आज उस बुते-नाज़ुक-बदन के पाँव

'ग़ालिब' मेरे कलाम में क्योंकर मज़ा न हो
पीता हूँ धो के खुसरवे-शीरीं-सुख़न[10] के पाँव

10. मधुरभाषी अमीर खुसरो।

55

न था कुछ, तो ख़ुदा था, कुछ न होता, तो ख़ुदा होता
डुबोया मुझको होने ने, न होता मैं, तो क्या होता

हुआ जो ग़म से यूं बेहिस,[1] तो ग़म क्या सर के कटने का
न होता गर जुदा तन से, तो ज़ानूं[2] पर धरा होता

हुई मुद्दत कि 'ग़ालिब' मर गया, पर याद आता है
वो हर इक बात पर कहना कि यूं होता, तो क्या होता

---

1. संवेदनहीन 2. घुटना।

56

नक़्श, फ़रियादी है किसकी शोख़ि-ए-तहरीर का
काग़ज़ी है पैरहन[1] हर पैकरे-तस्वीर[2] का

कावे-कावे सख़्तजानी, हाय तनहाई[3] न पूछ
सुबह करना शाम का, लाना है जू-ए-शीर[4] का

जज़्बा -ए-बे-इख़्तियारे-शौक़ देखा चाहिए
सीन-ए-शमशीर[5] से बाहर है दम शमशीर का

आगही[6] दामे-शनीदन[7] जिस क़दर चाहे बिछाए
मुद्दआ अन्क़ा[8] है अपने आलमे-तक़रीर का

बस, कि हूँ 'ग़ालिब' असीरी[9] में भी आतश ज़ेरे-पा[10]
मू-ए-आतश[11] दीदा है, हल्क़ा मेरी ज़ंजीर का

---

1. वस्त्र 2. चित्र का फ्रेम 3. विरह-वेदना 4. दूध की नदी 5. मियान 6. समझ 7. श्रवण-जाल 8. न होना 9. बन्दी 10. तलवों की अग्नि 11. आग का बाल।

57

न गुले-नग़्मा हूँ, न पर्द-ए-साज़
मैं हूँ अपनी शिकस्त की आवाज़

तू और आराइशे-ख़मे-काकुल[1]
मैं और अन्देशा-हाए-दूर-दराज़[2]

लाफ़े-तमकीं[3] फ़रेबे-सादा दिली[4]
हम हैं और राज़ हाए सीना गुदाज़[5]

हूँ गिरिफ़्तारे उल्फ़ते-सैयाद[6]
वरना बाक़ी है ताक़ते-परवाज़

वो भी दिन हो कि उस सितमगर से
नाज़ खेंचूं बजाय हसरते-नाज़

नहीं दिल में मेरे वो क़तर-ए-ख़ूं
जिससे मिज़्गां हुई न हो गुलबाज़[7]

---

1. बालों का श्रृंगार 2. दूर-दूर की शंकाएं 3. सहनशीलता का दावा 4. सरल हृदयता का धोखा 5. दिल फूंकने वाले भेद 6. शिकारी के प्रेम 7. फूलों से खेलने वाला।

मुझसे पूछा तो कुछ ग़ज़ब न हुआ
मैं ग़रीब और तू ग़रीबनवाज़

'असदउल्लाह ख़ां' तमाम हुआ
ऐ दरेग़ा[8] वो रिन्दे-शाहिद-बाज़[9]

8. हाय अफ़सोस 9. शराबी तथा मनमौज़ी रूप पर आसक्त।

58

नहीं कि मुझको क़यामत का एतिक़ाद[1] नहीं
शबे-फ़िराक़ से रोज़े-जज़ा[2] ज़ियाद नहीं

कोई कहे कि शबे-मह में क्या बुराई है
बला से आज अगर दिन को अब्रो-बाद[3] नहीं

जो जाऊँ सामने उनके, तो मरहबा[4] न कहें
जो जाऊँ वां से कहीं को, तो ख़ैरबाद[5] नहीं

कभी जो याद भी आता हूँ मैं, तो कहते हैं
कि आज बज़्म में कुछ फ़ित्ना-ओ-फ़साद नहीं

अलावा ईद के मिलती है और दिन भी शराब
गदा-ए-कूच-ए-मैख़ाना[6] नामुराद[7] नहीं

जहाँ में हो ग़मो-शादी बहम[8] हमें क्या काम
दिया है हमको ख़ुदा ने वो दिल कि शाद नहीं

---

1. विश्वास 2. प्रलय का दिन 3. घटाएं और हवाएं 4. शुभागमन 5. अलविदा 6. मधुशाला की गली का भिखारी 7. जिसकी कोई इच्छा न हो 8. प्राय:।

तुम उनके वादे का ज़िक्र उनसे क्यों करो 'ग़ालिब'
ये क्या कि तुम कहो और वो कहें कि याद नहीं

59

नहीं है ज़ख़्म कोई बख़िया के दरख़ुर मेरे तन में
हुआ है तारे-अश्के-यास[1] रिश्ता[2] चश्मे-सोज़न[3] में

हुई है मान्ए-ज़ौक़े-तमाशा ख़ाना-वीरानी
कफ़े-सैलाब[4] बाक़ी है बरंगे-पुम्बा[5] रौज़न में

वदीअत[6] ख़ान-ए-बेदादे-काविश-हाय-मिज़गां हूँ
नगीने-नामे-शाहिद[7] है मेरे हर क़तरा लूं तन में

बयां किससे हो ज़ुल्मत-गुस्तरी[8] मेरे शबिस्तां की
शबे-मह हो, जो रख दें पम्बा दीवारों के रौज़न में

निकोहिश[9] मान-ए-बेरब्तिए-शोरे-जुनूं[10] आयी
हुआ हैं ख़न्द-ए-एहबाब[11] बख़िया जैबो-दामन में

हुए उस मेहरवश[12] के जलवए-तिमसाल[13] के आगे
पर-अफ़्शा[14] जौहर आईने में मिस्ते-ज़र्रा रौज़न में

---

1. निराशा में बहते आँसुओं का तार 2. धागा 3. चुभती आँख 4. बाढ़ का झाग 5. रुई के फाहे की तरह 6. अमानत 7. प्रिय का नाम अंकित हुआ नग 8. अन्धकार 9. निन्दा 10. उन्माद का अंकुश 11. मित्रों का मुस्कुराना 12. सूर्यमुखी 13. प्रतिबिम्ब 14. फड़फड़ाना।

न जानूं नेक हूँ या बद हूँ, पर सोहबत मुख़ालिफ़ है
जो गुलहूं तो हूँ गिलख़न[15] में, जो ख़स हूँ तो हूं गुलशन में

फ़ुज़ूँ की दोस्तों ने हिर्स-ए-क़ातिल ज़ौक़-ए-कुश्तन में
होए हैं बख़िया-हा-ए-ज़ख़्म जौहर तेग़-ए-दुश्मन में

तमाशा करदनी है लुत्फ़-ए-ज़ख़्म-ए-इंतिज़ार ऐ दिल
सुवैदा दाग़-ए-मर्हम मर्दुमुक है चश्म-ए-सोज़न में

दिल-ओ-दीन-ओ-ख़िरद ताराज-ए-नाज़-ए-जल्वा-पैराई
हुआ है जौहर-ए-आईना ख़ेल-ए-मोर ख़िर्मन में

हज़ारों दिल दिये जोशे-अने में इश्क़ ने मुझको
सियह होकर सुवैदा[16] हो गया, हर क़तरा-ख़ूं तन में

निकोहिश माने-ए-दीवानगी-हा-ए-जुनूँ आई
लगाया ख़ंदा-ए-नासेह ने बख़िया जेब-ओ-दामन में

'असद' ज़िन्दानिए-तासीरे-उल्फ़त-हाए-ख़ूंबां[17] हूँ
ख़मे-दस्ते-नवाज़िश[18] हो गया है तौक़ गर्दन में

---

15. घास का खेत। 16. दिल का दाग़ 17. प्रिय के प्यार में क़ैद 18. गलबहियां।

60

न हुई गर मेरे मरने से तसल्ली, न सही
इम्तिहां और भी बाक़ी हों, तो यह भी न सही

ख़ार-ख़ारे अलमे-हसरते-दीदार[1] तो है
शौक़ गुलचीने-गुलिस्ताने[2] तसल्ली न सही

मैपरस्तां[3] ख़ुमे-मैं[4] मुँह से लगाये ही बने
एक दिन गर न हुआ बज़्म में साक़ी, न सही

नफ़से-क़ैस[5] कि है चश्मो-चराग़े-सहरा[6]
गर नहीं शम्नए-सियह ख़ान-ए-लैली[7] न सही

एक हंगामे पे मौक़ूफ़[8] है घर की रौनक़
नौह-ए-ग़म[9] ही सही, नग़मा-ए-शादी न सही

ना सताइश[10] की तमन्ना, ना सिले की परवा
गर नहीं हैं मेरे अशआर में मानी, न सही

---

1. दर्शन की इच्छा 2. उपवन के माली का दिलासा 3. मदिराप्रिय 4. मदिरापात्र 5. फ़रहाद की हर सांस 6. रेगिस्तान के नेत्र व दीपक 7. अन्धकूप का दीपक 8. स्थापित 9. व्यथा-कथा 10. प्रशंसा।

इशरते-सोहबते-ख़ूबां[11] ही ग़नीमत समझो
ना हुई 'ग़ालिब' अगर उम्र-तबीई[12] न सही

11. सुन्दरियों की संगति का आनन्द 12. नैसर्गिक आयु।

61

नुक़्ताची[1] है ग़मे-दिल उसको सुनाये न बने
क्या बने बात, जहाँ बात बनाये न बने

मैं बुलाता तो हूँ उसको, मगर ऐ जज़्ब-ए-दिल[2]
उस पे बन जाये कुछ ऐसी कि बिन आये न बने

खेल समझा है, कहीं छोड़ न दे, भूल न जाये
काश यों भी हो कि बिन मेरे सताये न बने

ग़ैर फिरता है लिये यूं तेरे ख़त को कि अगर
कोई पूछे कि ये क्या है? तो छुपाये न बने

इस नज़ाकत का बुरा हो, वो भले हैं तो क्या
हाथ आवे, तो उन्हें हाथ लगाये न बने

कह सके कौन कि यह जलवागरी किसकी है
पर्दा छोड़ा है वो उसने कि उठाये न बने

मौत की राह न देखूं कि बिन आये न रहे
तुमको चाहूं? कि न आओ, तो बुलाये न बने

1. हर बात में दोष निकालने वाला माशूक़ 2. मनोभाव।

बोझ वो सिर से गिरा है कि उठाये न उठे
काम वो आन पड़ा है कि बनाये न बने

इश्क़ पर ज़ोर नहीं, है ये वो आतश[3] 'ग़ालिब'
जो लगाये न लगे, और बुझाये न बने

---

3. अग्नि।

62

फ़रियाद की कोई लै[1] नहीं है
नाला पाबन्द-ए-नै[2] नहीं है

क्यों बोते हैं बाग़बान तूंबी
गर बाग़ गदाए-मैं[3] नहीं है

हरचन्द हर एक शै में तू है
पर तुझ-सी कोई शै नहीं है

हां, खाइयो मत फ़रेबे-हस्ती[4]
हरचन्द कहें कि "है", नहीं है

शादी से गुजर कि ग़म न होवे
उरदी[5] जो न हो, तो दै[6] नहीं है

क्यों रहे-क़दा[7] करे है ज़ाहिद
मैं है ये मगस की क़ै[8] नहीं है

1. स्वर लहरी 2. बांसुरी का पाबन्द 3. मदिरा का भिखारी 4. जो अस्तित्वहीन हो 5. पारसी महीने का नाम 6. पारसी महीने का नाम 7. प्याला तोड़ना 8. मक्खियों की उलटी।

हस्ती है, न कुछ अदम है 'ग़ालिब'
आख़िर तू क्या है ए, "नहीं है"

63

फिर इस अन्दाज़ से बहार आई
कि हुए मेह्‌-ओ-मह[1] तमाशाई[2]

देखो ऐ साकिनाने-ख़ित्त-ए-ख़ाक[3]
इसको कहते हैं आलम-आराई[4]

कि ज़मीं हो गयी है सस्ता-सर[5]
रू कशे-सतहे[6]-चर्ख़े-मीनाई[7]

सब्ज़[8] को जब कहीं जगह न मिली
बन गया रू-ए-आब पर काई

सब्ज़ा-ओ-गुल के देखने के लिए
चश्मे-नरगिस को दी है बीनाई[9]

है हवा में शराब की तासीर
बादानोशी है बादापैमाई

1. सूरज-चाँद 2. तमाशा देखने वाला 3. धरती पर रहनेवाले 4. संसार को संवारना 5. सर्वथा 6. सितारों से भरा हुआ 7. शराब के प्याले का घेरा 8. घास या हरियाली रौशनी।

क्यों न दुनिया को हो खुशी 'ग़ालिब'
शाहे-दीं दार ने शिफ़ा[10] पाई

10. आरोग्य।

64

फिर कुछ इक दिल को बेक़रारी है
सीना जोया-ए-जख़्मे-कारी[1] है

फिर जिगर खोदने लगा नाख़ून
आमदे-फ़स्ले लालाकारी है

क़िल-ए-मक़्सदे- निगाहे-ए-नियाज़[2]
फिर वही पर्दा-ए-अमारी[3] है

चश्म दल्लाले-जिंसे-रुस्वाई[4]
दिल ख़रीदारे-जौक़े-ख्वारी[5] है

वू ही सदरंग नाला-फ़र्साई[7]
वू ही सदगूना अश्कबारी[8] है

जलवा फिर अर्ज़े-नाज़ करता है
रोज़े-बाज़ारे-जां सिपारी[9] है

---

1. गहरा घाव ढूंढ़ने वाला 2. परिचय का परम लक्ष्य 3. बहुत बड़ा परदा 4. बदनामी की सामग्री 5. अपमान का खरीदार 6. सौ रंग 7. रोना 8. सौ गुना रुदन 9. जान न्योछावर करना।

फिर हुए हैं गवाहे-इश्क़-तलब
अश्कबारी का हुक्म जारी है

दिलो-मिज़गां का जो मुक़द्दमा था
आज फिर उसकी रूबकारी[10] है

बेख़ुदी बेसबब नहीं 'ग़ालिब'
कुछ तो है, जिसकी पर्दादारी है

10. आमना-सामना।

65

फिर मुझे 'दीद-ए-तर'[1] याद आया
दिल-जिगर तश्न-ए-फ़रियाद[2] आया

दम लिया था न क़यामत ने हनोज़[3]
फिर तेरा वक़्ते-सफ़र याद आया

सादगी हाए-तमन्ना यानी
फिर वो नैरंगे-नज़र[4] याद आया

उज़्रे-वामन्दगी[5] ऐ हसरते-दिल
नाला करता था, जिगर याद आया

ज़िन्दगी यूँ भी गुजर ही जाती
क्यों तेरा राहगुज़र याद आया

आह, वो जुर्अते-फ़रियाद[6] कहाँ
दिल से तंग आ के जिगर याद आया

---

1. भीगी आँखें 2. आर्तनाद का प्यासा 3. अभी 4. दृष्टि सौन्दर्य 5. थकान का बहान 6. प्रार्थनीय।

फिर तेरे कूचे को जाता है ख़याल
दिले-गुमगुश्ता[7] मगर याद आया

कोई वीरानी-सी वीरानी है
दश्त[8] को देख के घर याद आया

मैंने मजनूं पे लड़कपन में 'असद'
संग[9] उठाया था कि सर याद आया

---

7. खोया हुआ हृदय। 8. जंगल 9. पत्थर।

66

बला से हैं जो ये पेशे-नज़र[1] दरो-दीवार
निगाहे-शौक़ को हैं बाल ओ पर[2] दरो-दीवार

वफ़ूरे-अश्क[3] ने काशाने[4] का किया ये रंग
कि हो गये मेरे दीवारो-दर दरो-दीवार

नहीं है साया कि सुनकर नवेदे-मक़दमे-यार[5]
गये हैं चन्द क़दम पेश्तर दरो-दीवार

हुई है किस क़दर अर्ज़ानिए-मए जलवा[6]
कि मस्त है तेरे कूचे में हर दरो-दीवार

जो है तुझे सरे-सौदा-ए-इन्तिज़ार[7] तो आ
कि हैं दुकाने-मता-ए-नज़र[8] दरो-दीवार

हुजूमे-गिरिया[9] का सामान कब किया मैंने
कि गिर पड़े न मेरे पाँव पर दरो-दीवार

---

1. नज़र के सामने 2. बाल और पर 3. आँसुओं की अधिकता 4. घर 5. मित्र के आने का सुखद समाचार 6. दर्शन-रूपी शराब की अधिकता 7. प्रतिज्ञा करने की क्षमता 8. दृष्टि-रूपी धन की दुकान 9. आँसुओं की बाढ़।

वो आ रहा मेरे हमसाये[10] में, तो साये से
हुए फ़िदा दरो-दीवार पर दरो-दीवार

नज़र में खटके है, बिन तेरे, पर की आबादी
हमेशा रोते हैं हम देखकर दरो-दीवार

न कह किसी से कि 'ग़ालिब' नहीं ज़माने में
हरीफ़े-राज़े-मुहब्बत[11] मगर दरो-दीवार

---

10. पड़ोस 11. प्रेम के राज़ का दुश्मन।

67

बस, कि दुश्वार है हर काम का आसां होना
आदमी को भी मयस्सर नहीं इन्सां होना

गिरिया[1] चाहे है ख़राबी मेरे काशाने[2] की
दरो-दीवार से टपके है बियाबां होना

वाए दीवानगी-ए-शौक़[3] कि हरदम मुझको
आप जाना उधर और आप ही हैरां होना

जल्वा-अज़-बस[4] कि तक़ाज़ा-ए-निगह[5] करता है
जौहरे-आईना[6] भी चाहे है मिज़गां[7] होना

इशरते-क़त्ल-गहे[8] अह्ले-तमन्ना मत पूछ
ईदे-नज़्ज़ारा[9] है शमशीर का उरियां[10] होना

ले गये ख़ाक में हम दाग़े-तमन्ना-ए-निशात[11]
तू होऔर आप बसद-रंगे[12] गुलिस्तां होना

---

1. रोना 2. घर 3. पागलपन की इच्छा 4. बहुत 5. देखने की इच्छा 6. दर्पण की चमक 7. पलकें 8. मौत के घर का ऐश्वर्य 9. ईद का दृश्य 10. नंगा 11. हंसने-खेलने की हसरत 12. सैकड़ों रंग।

इशरते-पारा-ए-दिल[13] ज़ख़्मे-तमन्ना ख़ाना
लज़्ज़ते-रेशे-जिगर[14] ग़र्के-नमकदा[15] होना

की मेरे क़त्ल के बाद उसने जफ़ा से तौबा
हाय! उस जूद-पशेमां[16] का पशेमां[17] होना

हैफ़![18] उस चार गिरह कपड़े की क़िस्मत 'ग़ालिब'
जिसकी क़िस्मत में हो आशिक़ का गिरेबां होना

---

13. हृदय के टुकड़ों का आनन्द 14. जिगर के घाव का आनन्द 15. नमकदान में डूबना 16. शीघ्र लज्जित होने वाला 17. लज्जित 18. खेद।

68

बहुत सही ग़मे-गेती[1] शराब कम क्या है
ग़ुलामे-साक़ि-ए-कौसर[2] हूँ मुझको ग़म क्या है

तुम्हारी तर्ज़ो-रविश[3] जानते हैं हम, क्या है
रक़ीब पर है अगर लुत्फ़, तो सितम क्या है

कटे तो शब कहीं, काटे तो सांप कहलावे
कोई बताओ कि वो ज़ुल्फ़े-ख़म ब ख़म[4] क्या है

लिखा करे कोई अह्कामे-ताल-ए-मौलूद
किसे ख़बर है कि वां जुम्बिशे-क़लम क्या है

न हश्रो-नश्र का क़ायल, न केशो-मिल्लत[5] का
ख़ुदा के वास्ते ऐसे की फिर क़सम क्या है

वो दादो-दीदे-गिरांमाया[6] शर्त है, हमदम
वगरना मुहे-सुलेमानो-जामे-जम क्या है

---

1. दुनिया के ग़म 2. कौसर के साक़ी का ग़ुलाम 3. रीति-व्यवहार 4. घुंघराले केश 5. रीति व सम्प्रदाय 6. बहुमूल्य दृश्य की प्रशंसा।

सुख़न में खाम-ए-'ग़ालिब' की आतिश-अफ़्शानी
यक़ीं है हमको भी, लेकिन अब उसमें दम क्या है

69

बाज़ीचा-ए-अत्फ़ाल[1] है दुनिया मेरे आगे
होता है शबो-रोज़ तमाशा मेरे आगे

इक खेल है औरंगे-सुलेमा[2] मेरे नज़्दीक़
इक बात है एजाज़े-मसीहा[3] मेरे आगे

होता है निहां गर्द में सहरा मेरे होते
घिसता है जबीं[4] ख़ाक पे दरिया मेरे आगे

मत पूछ कि क्या हाल है मेरा तेरे पीछे
तू देख कि क्या रंग है तेरा मेरे आगे

सच कहते हो ख़ुदबीनो-ख़ुद आरा[5] न क्यों हूँ
बैठा है बुते-आइना-सीमा मेरे आगे

फिर देखिये अन्दाज़े-गुल-अफ़्शानि-ए-गुफ़्तार
रख दे कोई पैमान-ओ-सहबा मेरे आगे

---

1. बच्चों का खेल 2. सुलेमान नामक बादशाह का तख़्त 3. मरणासन्न व्यक्ति को जीवन देने ईशा मसीह का चमत्कार 4. माथा 5. अपनी नज़र और विचार रखने वाला।

ईमां मुझे रोके है, तो खींचे है मुझे कुफ़्र
काबा मेरे पीछे है, कलीसा मेरे आगे

आशिक़ हूँ प माशूक़ फ़रेबी[6] है मेरा काम
मजनूं को बुरा कहती है लैला मेरे आगे

ख़ुश होते हैं, पर वस्ल में यूं मर नहीं जाते
आयी शबे-हिजरा[7] की तमन्ना मेरे आगे

---

6. प्रिय को रिझाना 7. विरह की रात।

70

बे-ए'तिदालियों[1] से सुबूक[2] सब में हम हुए
जितने ज़ियादा हो गये, उतने ही कम हुए

पिनहां था दामे-इश्क़ क़रीब आशियान के
उड़ने न पाये थे कि गिरिफ़्तार हम हुए

हस्ती हमारी अपनी फ़ना पर दलील है
यां तक मिटे कि आप हम अपनी क़सम हुए

सख़्ती कशाने-इश्क़[3] की पूछे है क्या ख़बर
वो लोग रफ़्ता-रफ़्ता सरापा अलम हुए

तेरी वफ़ा से क्या हो तलाफ़ी कि दह्र में
तेरे सिवा भी हम पे बहुत से सितम हुए

लिखते रहे जुनूं की हिकायाते-ख़ूंचकां[4]
हरचन्द इसमें हाथ हमारे क़लम हुए

---

1. बदपरहेज़ियों 2. हलका 3. इश्क़ का ग़म सहने वाले 4. रक्तरज्वित कहानियाँ।

अह्ले-हवस की फ़तह है तर्के-नबर्दे-इश्क़[5]
जो पाँव उठ गये, वही उनके अलम हुए

नाले अदम में चन्द हमारे सुपुर्द थे
जो वां न खिंच सके, सो वो यां आ के दम हुए

छोड़ी 'असद' न हमने गदाई में दिल्लगी
साइल हुए, तो आशिक़े-अहले-करम[6] हुए

---

5. प्रणय के संघर्ष का त्याग। 6. मेहरबानों पर आशिक़।

71

मंज़ूर थी ये शक्ल तजल्ली[1] को नूर की
क़िस्मत ख़ुली तेरे क़दो-रुख़ से ज़हूर की

इक ख़ूंचक़ा कफ़न में करोड़ों बनाव हैं
पड़ती है आँख तेरे शहीदों पे हूर की

वाइज़ न तुम पियो, न किसी को पिला सको
क्या बात है तुम्हारी शराबे-तहूर[2] की

लड़ता है मुझसे हश्र में क़ातिल कि क्यों उठा
गोया कभी सुनी नहीं आवाज़ सूर[3] की

आमद बहार की है, जो बुलबुल है नग़्मा-संज
उड़ती-सी इक ख़बर है ज़बानी तयूर[4] की

गो वां नहीं, प वां के निकाले हुए तो हैं
काबे से इन बुतों को भी निस्बत है दूर की

---

1. प्रकाश 2. पवित्रता की शराब 3. प्रलय का संकेत देने वाली दुन्दुभी की आवाज़ 4. पक्षी।

क्या फ़र्ज़ है कि सबको मिले एक-सा जवाब
आओ न! हम भी सैर करें कोहे-तूर[5] की

गरमी सही कलाम में, लेकिन न इस क़दर
की जिससे बात, उसने शिकायत ज़रूर की

'ग़ालिब' गर इस सफ़र में मुझे साथ ले चलें
हज का सवाब[6] नज़र[7] करूंगा हुज़ूर की

5. तूर नामक एक पवित्र पहाड़ 6. पुण्य 7. प्रस्तुत।

72

मज़े जहान के अपनी नज़र में ख़ाक नहीं
सिवा-ए-ख़ूने-जिगर, सो जिगर में ख़ाक नहीं

मगर ग़ुबार हुए पर हवा उड़ा ले जाये
वगरना ताबो-तवां[1] बालों-पर में ख़ाक नहीं

ये किस बहिश्त-शमाइल[2] की आमद-आमद है
कि घेरे-जल्द-ए-गुल[3] रहगुज़र में ख़ाक नहीं

भला उसे न सही, कुछ मुझी को रहम आता
अगर मेरे नफ़से-बेअसर में ख़ाक नहीं

ख़याले जल्व-ए-गुल से ख़राब हैं मैकश
शराबख़ाने के दीवारो-दर में ख़ाक नहीं

हुआ हूँ इश्क़ की ग़ारतगरी[4] से शर्मिन्दा
सिवा-ए-हसरते-तामीर[5] घर में ख़ाक नहीं

---

1. शक्ति 2. स्वर्गीय गुणों से सम्पन्न सौन्दर्यमयी रूपसी 3. फूलों की छवि के अतिरिक्त 4. लूट-मार 5. निर्माण की अभिलाषा।

हमारे शे'र हैं अब सिर्फ़ दिल्लगी के 'असद'
खुला कि फ़ायदा अर्ज़े-हुनर[6] में ख़ाक नहीं

6. कला की प्रस्तुति।

73

मस्जिद के ज़ेरे-साया ख़राबात[1] चाहिए
भौं पास आँख, क़िब्ल-ए-हाजात चाहिए

आशिक़ हुए हैं आप भी एक और शख़्स पर
आख़िर सितम की कुछ तो मुकाफ़ात[2] चाहिए

दे दाद ऐ फ़लक, दिले-हसरत परस्त की
हां, कुछ-न-कुछ तलाफ़ी ए माफ़ात[3] चाहिए

सीखे हैं, महरुख़ों[4] के लिए हम मुसव्विरी[5]
तक़रीब[6] कुछ तो बहरे-मुलाक़ात[7] चाहिए

मैं से ग़रज़ निशात[8] है किस रूसियाह[9] को
इक गूना बेख़ुदी मुझे दिन-रात चाहिए

है रंगे लाल-ओ-गुल-ओ नसरीं जुदा-जुदा
हर रंग में बहार का इस्बात[10] चाहिए

---

1. मैख़ाना 2. बुराई का बदला 3. क्षतिपूर्ति 4. चंद्रमुखी 5. चित्रकारी 6. मौक़ा 7. मिलने के लिए 8. आनन्द 9. कलंकित 10. पुष्टि।

सर-पाए-ख़ुम[11] ये चाहिए हंगामे-बेख़ुदी[12]
रू, सू-ए-क़िब्ला[13] वक़्ते-मुनाजात[14] चाहिए

यानी बहस्बे-ग़ार्दिशे-पैमाना-ए-सिफ़ात
आरिफ़ हमेशा मस्तए मैं ज़ात चाहिए

नश-ओ-नुमा[15] है अस्ल से 'ग़ालिब' फ़रोग़ को
ख़ामोशी ही से निकले है, जो बात चाहिए

---

11. मधुघट के चरण 12. आत्म-विस्मृति के समय 13. क़िब्ला की ओर मुँह 14. प्रार्थना के समय। 15. विकसित होना।

74

मुद्दत हुई है यार को मेह्मां किये हुए
जोशे-क़दह[1] से बज़्म-चरागां किये हुए

करता हूँ जम्आ फिर जिगरे-लख़्त-लख़्ता[2] को
अरसा हुआ है दावते-मिज़गां[3] किये हुए

फिर वजहे-एहतियात[4] से रुकने लगा है दम
बरसों हुए हैं चाक गिरेबां किये हुए

फिर गर्म-नाला हाय-शररबार[5] है नफ़स
मुद्दत हुई है सैरे-चिराग़ां[6] किये हुए

फिर पुर्सिशे-जराहते-दिल[7] को चला है इश्क़
सामाने-सदहज़ार-नमकदां[8] किये हुए

फिर भर रहा हूँ ख़ाम-ए-मिज़गां[9] ब ख़ूने-दिल
साज़े-चमन-तराज़िए-दामां[10] किये हुए

---

1. प्यालों की भरमार 2. जिगर के टुकड़े 3. पलकों की दावत 4. सावधानी के हुलिया 5. जलते हुए 6. दीवाली की सैर 7. दिल के घावों का हाल पूछना 8. लाखों नमकदानियां लेकर 9. पलकों की क़लम 10. दामन में फूल खिलना।

बाहम[11] दिगर हुए हैं दिल-ओ-दीदा फिर रक़ीब
नज़्ज़ारा-ओ-ख़याल का सामां किये हुए

दिल फिर तवाफ़े-कूए-मलामत[12] को जाये है
पिन्दार[13] का सनमक़दा[14] वीरां किये हुए

फिर शौक़ कर रहा है ख़रीदार की तलब
अर्ज़े-मता-ए-अक़्लो-दिलो-जां किये हुए

दौड़े है फिर हर एक गुलो-लाला पे ख़याल
सद गुलसितां निगाह का सामां किये हुए

फिर चाहता हूँ नामा-ए-दिलदार[15] खोलना
जा नज़्रे-दिल-फ़रेबिए-उनवां किये हुए

मांगे है फिर किसी को लबे-बाम[16] पर हवस
ज़ुल्फ़े-सिवाह रुख़ पे परेशां किये हुए

चाहे है फिर किसी को मुक़ाबिल में आरज़ू
सुर्मे से तेज़ दश्नए मिज़गां[17] किये हुए

---

11. परस्पर। 12. धिक्कार दिलानेवाली प्रिय की गली 13. घमण्ड 14. मन्दिर 15. प्रिय का पत्र 16. मुंडेर कगार 17. पलकों की कटारी।

इक नौ-बहारे-नाज़[18] को ताके है फिर निगाह
चेहरा फ़रोगे-मय से गुलिस्तां किये हुए

फिर जी में है कि दर पे किसी के पड़े रहें
सर ज़ेरे-बारे मिन्नते-दरबां किये हुए

जी ढूंढ़ता है फिर वही फ़ुर्सत कि रात-दिन
बैठे रहें तसव्वुरे-जाना[19] किये हुए

'ग़ालिब' हमें न छेड़ कि फिर जोशे-अश्क[20] से
बैठे हैं हम तहय्यए तूफ़ां[21] किये हुए

---

18. नवयौवन की बहार। 19. प्रिय की कल्पना 20. आँसुओं का उबाल 21. तूफान का दृढ़ निश्चय।

75

मैं उन्हें छेड़ूँ और कुछ न कहें
चल निकलते, जो मैं पिये होते

क़ह्र हो या बला हो, जो कुछ हो
काश! कि तुम मेरे लिए होते

मेरी क़िस्मत में ग़म गर इतना था
दिल भी यारब कई दिये होते

आ ही जाता वो राह पर 'ग़ालिब'
कोई दिन और भी जिये होते

76

मैं हूँ मुश्ताक़े-जफ़ा[1] मुझ पे जफ़ा और सही
तुम हो बेदाद[2] से ख़ुश, इससे सिवा और सही

ग़ैर के मर्ग[3] का ग़म, किसलिए ऐ ग़ैरते-माह[4]
हैं हवस-पेशा[5] बहुत कि न हुआ और सही

तुम हो बुत, फिर तुम्हें पिन्दारे-ख़ुदाई[6] क्यों है
तुम ख़ुदावन्द ही कहलाओ, ख़ुदा और सही

हुस्न में हूर से बढ़कर नहीं होने के कभी
आपका शेवए अन्दाज़ो-अदा और सही

तेरे कूचे का है माइल[7] दिले-मुज़्तर[8] मेरा
काबा इक और सही, क़िब्लानुमा और सही

कोई दुनिया में मगर, बाग़ नहीं है वाइज़
ख़ुल्द[9] भी बाग़ है, ख़ैर आबो-हवा और सही

---

1. अत्याचार का इच्छुक 2. अत्याचार 3. मृत्यु 4. चाँद को शरमाने वाला 5. वासना का दास 6. ख़ुदाई का गर्व 7. प्रवृत 8. बेकल मन 9. स्वर्ग।

क्यों न फ़िरदौस[10] में दोज़ख़[11] को मिला लें यारब
सैर के वास्ते थोड़ी-सी फ़ज़ा और सही

मुझ को वो दो कि जिसे खा के न पानी मांगूं
ज़ह्र कुछ और सही, आबे-बक़ा[12] और सही

मुझसे 'ग़ालिब' ये अलाई ने ग़ज़ल लिखवायी
एक बेदाद-गरे-रंजफ़ज़ा[13] और सही

---

10. स्वर्ग 11. नरक। 12. अमृत 13. दुःख बढ़ा देने वाला।

77

याद है शादी में भी हंगाम-ए-"यारब" मुझे
सुब्हा-ए-ज़ाहिद हुआ है ख़ंदा ज़ेर-ए-लब मुझे

है कुशादे-ख़ातिरे-वाबस्ता[1] दर, रहने-सुख़न[2]
था तिलिस्मे-कुफ़्ले-अब्जद, ख़ाना -ए-मक्तब[3] मुझे

यारब, इस आशुफ़्तगी की दाद किससे चाहिए
रश्क आसाइश[4] पे है ज़िन्दानियों की अब मुझे

तबआ[5] है मुश्ताक़े-लज़्ज़तहाए-हसरत[6] क्या करूं
आरज़ू से है शिकस्ते-आरज़ू[7] मतलब मुझे

दिल लगाकर आप भी 'ग़ालिब' मुझी-से हो गये
इश्क़ से आते थे माने मीरज़ा साहब मुझे

---

1. मन के बन्द द्वार का खुलना 2. काव्य पर निर्भर 3. पाठशाला 4. सुख-सुविधा 5. स्वभाव 6. अपूर्ण इच्छाओं के आनन्द के लिए उत्सुक 7. अभिलाषा का भंग होना।

78

ये न थी हमारी क़िस्मत कि विसाले-यार[1] होता
अगर और जीते रहते, यही इन्तिज़ार होता

तेरे वादे पर जिये हम, तो ये जान झूठ जाना
कि ख़ुशी से मर न जाते, अगर एतबार होता

तेरी नाज़ुकी से जाना कि बंधा था अहद-बूदा[2]
कभी तू न तोड़ सकता, अगर उस्तवार[3] होता

कोई मेरे दिल से पूछे, तेरे तीरे-नीमकश[4] को
ये ख़लिश[5] कहाँ से होती, जो जिगर के पार होता

ये कहाँ की दोस्ती है कि बने हैं दोस्त नासेह[6]
कोई चारा साज़[7] होता, कोई ग़मगुसार[8] होता

ग़म अगर्चे जां-ग़ुसल[9] है, प कहाँ बचें कि दिल है
ग़मे-इश्क़ गर न होता ग़मे-रोज़गार होता

1. प्रिय से मिलन 2. कमज़ोर प्रतिज्ञा 3. दृढ़ 4. आधा खिंचा तीर 5. चुभन 6. उपदेशक 7. हकीम 8. हमदर्द 9. घातक।

कहूँ किससे मैं कि क्या है, शबे-ग़म बुरी बला है
मुझे क्या बुरा था मरना, अगर एक बार होता

हुए मर के हम जो रुसवा, हुए क्यों न ग़र्क़े-दरिया[10]
न कभी जनाज़ा उठता, न कहीं मज़ार होता

ये मसाइले-तसव्वुफ़[11] ये तेरा बयान 'ग़ालिब'
तुझे हम वली[12] समझते जो न बादाख़्वार[13] होता

10. नदी में डूब कर मरना 11. आध्यात्मिक समस्याओं पर चिन्तन 12. पहुँचा हुआ सन्त 13. शराबी।

79

रहिये अब ऐसी जगह चलकर, जहाँ कोई न हो
हम-सुख़न कोई न हो और हम-ज़ुबां कोई न हो

बे दरो-दीवार सा इक पर बनाया चाहिए
कोई हमसाया न हो और पासबां कोई न हो

पड़िये गर बीमार, तो कोई न हो बीमारदार
और अगर मर जाइये, तो नौहा-ख़्वां[1] कोई न हो

1. रोनेवाला।

80

रोने से और इश्क़ में बेबाक हो गये
धोये गये हम इतने कि बस पाक[1] हो गये

सर्फ़-ए-बहा-ए-मय[2] हुए आलात-ए-मय-कशी[3]
थे ये ही दो हिसाब, सो यूं पाक हो गये

रुस्वा-ए-दह्‍र[4] गो हुए आवारगी से तुम
बारे-तबीअतों के तो चालाक हो गये

कहता है कौन नाल-ए-बुलबुल को बेअसर
पर्दे में गुल के लाख जिगर चाक हो गये

पूछे है क्या वुजूदो-अदम[5] अहल-शौक़[6] का
आप अपनी आग के ख़सो-ख़ाशाक[7] हो गये

करने गये थे उससे तग़ाफ़ुल का हम गिला
की एक ही निगाह कि बस, ख़ाक हो गये

1. पवित्र 2. शराब के लिए ख़र्च 3. शराब रखने के बरतन 4. संसार में बदनाम 5. अस्तित्व व अनस्तित्व 6. अभिलाषी 7. घास-फूस।

इस रंग से उठायी कल उसने 'असद' की लाश
दुश्मन भी जिसको देख के ग़मनाक[8] हो गये

8. शोक-मग्न।

81

लाग़र इतना हूँ कि गर तू बज़्म में जा दे मुझे
मेरा ज़िम्मा देखकर गर कोई बतला दे मुझे

क्या तअज्जुब है कि उसको देखकर आ जाये रह्म
वां तलक कोई किसी हीले से पहुँचा दे मुझे

मुँह न दिखलावे, न दिखला, पर बअन्दाज़े-इताब[1]
खोलकर पर्दा ज़रा आँखें ही दिखला दे मुझे

यां तलक मेरी गिरिफ़्तारी से वो ख़ुश है कि मैं
ज़ुल्फ़ गर बन जाऊँ, तो शाने में उलझा दे मुझे

---

1. यातना के तौर पर।

82

लाज़िम था कि देखो मेरा रस्ता कोई दिन और
तनहा गये क्यों? अब रहो तनहा कोई दिन और

मिट जायेगा सर, गर तेरा पत्थर न घिसेगा
हूँ दर पे तेरे नासिया-फ़रसा[1] कोई दिन और

आये हो कल और आज ही कहते हो कि जाऊँ
माना कि हमेशा नहीं अच्छा कोई दिन और

जाते हुए कहते हो क़यामत को मिलेंगे
क्या ख़ूब, क़यामत का है गोया कोई दिन और

हाँ, ऐ फ़लके-पीर[2] जवां था अभी आरिफ़3
क्या तेरा बिगड़ता, जो न मरता कोई दिन और

तुम माहे-शबे-चार-दहुम[4] थे मेरे घर के
फिर क्यों न रहा घर का वो नक़्शा कोई दिन और

---

1. माथा रगड़ने वाला 2. बूढ़ा आकाश 3. ग़ालिब का गोद लिया पुत्र युवावस्था में जिसकी मृत्यु हो गयी थी 4. चौदहवीं का चाँद।

तुम कौन से थे ऐसे खरे दादो-सतद[5] के
करता मलक-उल-मौत[6] तक़ाज़ा कोई दिन और

मुझसे तुम्हें नफ़रत सही, नय्यर[7] से लड़ाई
बच्चों का भी देखा न तमाशा कोई दिन और

नादां हो, जो कहते हो कि क्यों जीते हैं 'ग़ालिब'
क़िस्मत में है मरने की तमन्ना कोई दिन और

---

5. लेन-देन 6. मृत्यु के देवता (यमराज)। 7. व्यक्ति विशेष।

83

वो फ़िराक़ और वो विसाल कहाँ
वो शबो-रोज़ व माहो-साल[1] कहाँ

फ़ुर्सते-कारोबारे-शौक़[2] किसे
ज़ौक़े-नज़्ज़ार-ए-जमाल[3] कहाँ

दिल तो दिल, वो दिमाग़ भी न रहा
शोरे-सौदा-ए-ख़त्तो-ख़ाल[4] कहाँ

थी वो इक शख़्स के तसव्वुर से
अब वो रानाइ-ए-ख़याल[5] कहाँ

ऐसा आसां नहीं लहू रोना
दिल में ताक़त, जिगर में हाल कहाँ

हमसे छूटा क़िमारखान-ए-इश्क़[6]
वां जो जावें, गिरह में माल कहाँ

---

1. रात-दिन-मास-वर्ष 2. सांसारिक व्यापार हेतु अवकाश 3. सौन्दर्य का दृश्य देखने की अभिरुचि 4. रूप की कल्पना का कोलाहल 5. विचारों का सौन्दर्य 6. प्रेम का जुआघर।

फ़िक्रे-दुनिया में सर खपाता हूँ
मैं कहाँ और यह वबाल कहाँ

मुज़महिल[7] हो गये कुवा[8] 'ग़ालिब'
वो अनासिर[9] में एतदाल[10] कहाँ

7. शिथिल 8. शक्तियां 9. तत्त्व 10. सन्तुलन।

84

ये हम जो हिज्र में दीवारो-दर को देखते हैं
कभी सबा को, कभी नामाबर[1] को देखते हैं

वो आए घर में हमारे ख़ुदा की क़ुदरत है
कभी हम उनको, कभी अपने घर को देखते हैं

नज़र लगे न कहीं उनके दस्तो-बाज़ू[2] को
ये लोग क्यों मेरे ज़ख़्मे-जिगर को देखते हैं

तेरे जवाहिरे-तर्फ़े-कुलह[3] को क्या देखें
हम औजे-तालए-लालो-गुहर[4] को देखते हैं

---

1. सन्देश वाहक 2. हाथ और भुजाएं 3. टोपी में टके हुए रत्न 4. हीरे-मोती के भाग्य की ऊँचाई।

85

वो मेरी चीने-जबीं[1] से ग़मे-पिनहा[2] समझा
राज़े-मक्तूब[3] ब-बेरब्ती-ए-उन्वां[4] समझा

यक अलिफ़ बेश[5] नहीं सैक़ले-आईना[6] हनोज़
चाक करता हूँ मैं जब से कि गिरेबां समझा

शरहे-असबाबे-गिरिफ़्तारि-ए-ख़ातिर[7] मत पूछ
इस क़दर तंग हुआ दिल कि मैं ज़िन्दां समझा

बदगुमानी ने न चाहा उसे सरगर्मे-ख़िराम[8]
रुख़ पे हर क़तरा-ए-अर्क़ दीद-ए-हैरां समझा

इज़्ज़ से अपने ये जाना कि वो बदख़ूं[9] होगा
नब्ज़े-ख़स[10] से तपिश-ए-शोल-ए-सोज़ां[11] समझा

सफ़र-ए-इश्क़ में की ज़ोफ़[12] ने राहत-तलबी[13]
हर क़दम साये को मैं अपने शबिस्तां[14] समझा

---

1. माथे की शिकन 2. आन्तरिक ग़म 3. पत्र का रहस्य 4. शीर्षक की असंगति 5. अधिक 6. दर्पण की कलई 7. हृदय की व्याकुलता के कारण की व्याख्या 8. गतिमान 9. अशिष्ट 10. घास की नाड़ी 11. जलती हुई आग की तपन 12. दुर्बलता 13. विश्राम की इच्छा 14. शयनकक्ष।

था गुरेज़ां[15] मिज़-ए-यार[16] से दिल ता-दमे-मर्ग[17]
दफ़ए-पैकाने-क़ज़ा[18] इस क़दर आसां समझा

दिल दिया जान के क्यों उसको वफ़ादार 'असद'
ग़लती की कि जो काफ़िर को मुसलमां समझा

---

15. कतरना 16. प्रिय की पलकें 17. मरने तक 18. मृत्यु-बाण से बचाव।

86

शिकवे के नाम से बेमेह्र[1] खफ़ा होता है
यह भी मत कह कि जो कहिये, तो गिला होता है

पुर हूँ मैं शिकवे से यूं राग से जैसे बाजा
इक ज़रा छेड़िये, फिर देखिये क्या होता है

गो समझता नहीं, पर हुस्ने-तलाफ़ी[2] देखो
शिकव-ए-जौर[3] से सरगर्मे-जफ़ा[4] होता है

इश्क़ की राह में है चर्ख़े-मकौकब[5] की वो चाल
सुस्त-रौ जैसे कोई आबला-पा होता है

क्यों न ठहरें हदफ़-ए-नावके-बेदाद[6] कि हम
आप उठा लाते हैं, गर तीर ख़ता होता है

ख़ामा[7] मेरा कि वो है बार बदे-बज़्मे-सुख़न[8]
शाह की मद्‌ह[9] में यूं नग़मासरा[10] होता है

---

1. निर्मोही 2. सुन्दर विधि 3. अत्याचार की शिकायत 4. अत्याचार में व्यस्तद 5. तारों-भरा आसमान 6. ज़ुल्म के तीर का निशाना 7. क़लम 8. काव्य-सभा का महान् संगीतज्ञ 9. प्रशंसा 10. गीत छेड़ना।

ऐ शहंशाहे-कवाकिब सिपह-ए-मेह्र अलम
तेरे इकराम[11] का हक़ किससे अदा होता है

सात इक़्लीम[12] का हासिल जो फ़राहम[13] कीजै,
तो वो लश्कर का तेरे ना'लबहा होता है

हर महीने में जो यह बद्र[14] से होता है हिलाल[15]
आस्तां पर तेरे मह नासिया सा[16] होता है

---

11. सम्मान। 12. महाद्वीप 13. जमा 14. पूर्ण चन्द्र 15. दूज का चाँद 16. धरती पर माथा रखकर पूजा करने वाला।

87

शौक़ हर रंग रक़ीबे-सरो-सामां[1] निकला
क़ैस तस्वीर के पर्दे में भी उरियां[2] निकला

ज़ख़्म, ने दाद, न दी तंगिए-दिल की यारब
तीर भी सीना-ए-बिस्मिल[3] से परअफ़शां[4] निकला

बूए-गुल, नाला-ए-दिल, दूदे-चराग़े-महफ़िल[5]
जो तेरी बज़्म से निकला, वो परीशां निकला

चन्द तस्वीरे-बुतां, चन्द हसीनों के ख़ुतूत[6]
बाद मरने के मेरे घर से ये सामां निकला

है नौ-आमोज़े-फ़ना[7] हिम्मते-दुश्वार पसन्द[8]
सख़्त मुश्किल है कि ये काम भी आसां निकला

दिल में फिर गिरिया[9] ने इक शोर उठाया 'ग़ालिब'
आह! जो क़तरा न निकला था, सो तूफ़ां निकला

---

1. प्रतिद्वन्द्वी की भाँति 2. नग्न 3. घायल की छाती 4. पंख फड़फड़ाना 5. महफ़िल के दीये का धुआ 6. पत्र 7. नौसिखिया 8. कठिनाई का इच्छुक साहसी 9. रुदन।

88

सब कहाँ कुछ लाल-ओ-गुल में नुमायां[1] हो गयीं
ख़ाक में क्या सूरतें होंगी कि पिनहां[2] हो गयीं

याद थीं हमको भी रंगारंग बज़्म-आराइयां[3]
लेकिन अब नक़्शो-निगारे-ताक़े-निसियां[4] हो गयीं

थीं बनातुन्नाशे-गर्दूं[5] दिन को पर्दे में निहां
शब को उनके जी में क्या आई कि उरियां[6] हो गयीं

क़ैद में याक़ूब ने ली गो न यूसुफ़ की ख़बर
लेकिन आँखें रौज़ने-दीवारे-ज़िन्दा[7] हो गयीं

सब रक़ीबों से हों नाख़ुश पर जनाने-मिस्र से
है जुलेख़ा ख़ुश कि महवे-माहे-कन्आं[8] हो गयीं

जूए-ख़ूं आँखों से बहने दो कि है शामे-फ़िराक़
मैं ये समझूंगा कि शम्एं दो फ़ंरोज़ां[10] हो गयीं

---

1. प्रकट 2. छुपी 3. सभा सजना 4. विस्मृति के झरोख़े के बेल-बूटे 5. सप्तर्षि-मण्डल 6. प्रकट 7. बन्दीगृह की दीवारें की दरारें 8. यूसुफ़ को देखकर खो जाना 9. लहू की नदी 10. प्रज्वलित।

इन परीज़ादों से लेंगे ख़ुल्द[11] में हम इन्तक़ाम
क़ुदरते-हक़ से यही हूरें अगर वां हो गयीं

नींद उसकी हैं, दिमाग़ उसका है, रातें उसकी हैं
तेरी ज़ुल्फ़ें जिसके बाज़ू पर परीशां हो गयीं

मैं चमन में क्या गया, गोया दबिस्तां[12] खुल गया
बुलबुलें सुनकर मेरे नाले, ग़ज़लख़्वा हो गयीं

वो निगाहें क्यों हुई जाती हैं यारब दिल के पार
जो मेरी कोताहिए-क़िस्मत[13] से मिज़ेगां हो गयीं

बस कि रोका मैंने और सीने में उभरीं पै-ब-पै
मेरी आहें बखिय-ए-चाके-गिरेबां हो गयीं

वां गया भी मैं, तो उनकी गालियों का क्या जवाब
याद थीं जितनी दुआएं सर्फ़े-दरबां हो गयीं

जा-फ़िज़ां[14] है बादा[15] जिसके हाथ में जाम आ गया
सब लकीरें हाथ की गोया रगे-जां हो गयीं

11. स्वर्ग। 12. पाठशाला 13. दुर्भाग्य 14. होश में लाने वाली 15. मदिरा।

हम मुवाहिहद[16] हैं हमारा केश[17] है तर्क-ए-रुसूम [18]
मिल्लतें[19] जब मिट गयीं अज्ज़ा-ए-ईमां[20] हो गयीं

रंज से खूगर[21] हुआ इन्सां तो मिट जाता है रंज
मुश्किलें मुझ पर पड़ी इतनी कि आसां हो गयीं

यूं ही गर रोता रहा 'ग़ालिब' तो ऐ अह्ले-जहाँ
देखना इन बस्तियों को तुम कि वीरां हो गयीं

---

16. एकेश्वरवादी 17. धर्म 18. रीतियों को त्यागना 19. सम्प्रदाय 20. धर्म का भाग। 21. अभ्यस्त।

89

सादगी पर उसकी मर जाने की हसरत दिल में है
बस नहीं चलता कि फिर ख़ंजर कफ़े-क़ातिल में है

देखना तक़रीर की लज़्ज़त कि जो उसने कहा
मैंने यह जाना कि गोया यह भी मेरे दिल में है

गर्चे है किस-किस बुराई से बले बा-ईं-हमा
ज़िक्र मेरा मुझसे बेहतर है कि उस महफ़िल में है

बस, हुजूमे-नाउमीदी[1] ख़ाक में मिल जायेगी
यह जो इक लज़्ज़त हमारी सई-ए बे-हासिल[2] में है

रंजे-रह क्यों ख़ींचये, वामांदगी[3] को इश्क़ है
उठ नहीं सकता, हमारा जो क़दम मंज़िल में है

जल्वा-ज़ारे आतिशे-दोज़ख़[4] हमारा दिल सही
फितना ए शोरे-क़यामत[5] किसके आबो-गिल[6] में है

1. निराशा का समूह 2. निष्फल प्रयास 3. थकान 4. नरक की आग से भरा हुआ 5. प्रलय-सा साकार उपद्रव 6. पानी और मिट्टी।

है दिले-शोरीदए 'ग़ालिब'[7] तिलिस्मे-पेचो-ताब[8]
रहम कर अपनी तमन्ना पर कि किस मुश्किल में है

7. ग़ालिब का उन्मत्त तथा व्याकुल हृदय 8. दुःख व बेचैनी का जादू।

90

हज़ारों ख़्वाहिशों ऐसी कि हर ख़्वाहिश पे दम निकले
बहुत निकले मेरे अरमान, लेकिन फिर भी कम निकले

डरे क्यों मेरा क़ातिल, क्या रहेगा उसकी गरदन पर
वो ख़ूं जो चश्मे-तर[1] से उम्र-भर यूं दम-ब-दम निकले

निकलना ख़ुल्द से आदम का सुनते आये थे, लेकिन
बहुत बे-आबरू होकर तेरे कूचे से हम निकले

भरम खुल जाये ज़ालिम तेरे क़ामत[2] की दराज़ी का
अगर इस तुर्र-ए-पुरपेचो-ख़म[3] का पेचो-ख़म निकले

मगर लिखवाये कोई उसको ख़त, तो हमसे लिखवाये
हुई सुब्ह और घर से कान पर रखकर क़लम निकले

हुई इस दौर में मन्सूब मुझसे बादा-आशामी[4]
फिर आया वो ज़माना, जो जहाँ में जामे-जम निकले

---

1. भीगे हुए नेत्र 2. क़द 3. उलझे बालों के बल 4. मदिरापान।

हुई जिनसे तवक़्क़ो ख़स्तगी[5] की दाद पाने की
वो हम से भी ज़ियादा ख़स्त-ए-तेग़े-सितम निकले

मुहब्बत में नहीं है फ़र्क़ जीने और मरने का
उसी को देखकर जीते हैं, जिस काफ़िर पे दम निकले

कहाँ मैख़ाने का दरवाज़ा 'ग़ालिब' और कहाँ वाइज़[6]
पर इतना जानते हैं, कल वो जाता था कि हम निकले

---

5. घायल अवस्था 6. उपदेशक।

91

हमसे खुल जाओ बवक़्ते-मयपरस्ती एक दिन
वरना हम छोड़ेंगे रखकर उज़्रे-मस्ती[1] एक दिन

गर्र-ए-औजे-बिना-ए[2] आलमे-इम्कां[3] न हो
इस बुलन्दी के नसीबों में है पस्ती[4] एक दिन

क़र्ज़ की पीते थे मय, लेकिन समझते थे कि हाँ
रंग लावेगी हमारी फ़ाक़ामस्ती[5] एक दिन

नग़्मा-हाए-ग़म को भी ऐ दिल ग़नीमत जानिये
बे-सदा हो जायेगा, ये साज़े-हस्ती[6] एक दिन

धौल-धप्पा उस सरापा नाज़[7] का शेवा[8] नहीं
हम ही कर बैठे थे 'ग़ालिब' पेशदस्ती[9] एक दिन

---

1. मस्ती के बहारे 2. महान् होने का गर्व 3. ख़्यालों की दुनिया 4. गिरावट 5. भूखों मरना 6. ज़िन्दगी का राग 7. सर से पाँव तक घमण्डी 8. आदत 9. छेड़खानी।

92

हर क़दम दूरी-ए-मंज़िल है नुमायां[1] मुझसे
मेरी रफ़्तार से भागे है बयाबां मुझसे

दर्से-उन्वाने-तमाशा[2] ब तग़ाफ़ुल ख़ुशतर[3]
है निगह रिश्त-ए-शीराज़-ए-मिज़गां[4] मुझसे

वहशते-आतशे-दिल[5] से शबे-तनहाई में
सूरते-दूद[6] रहा साया गुरेजां मुझसे

ग़म-ए-उश्शाक़ न हो सादगी आमोज़े-बुतां[7]
किस क़दर ख़ान-ए-आईना[8] है वीरां मुझसे

असरे-आबला[9] से जाद-ए-सहरा-ए-जुनूं[10]
सूरते-रिश्ता-ए-गौहर है चरागां मुझसे

बेख़ुदी बिस्तरे-तम्हीदे-फ़राग़त[11] हो जो
पुर है साये की तरह मेरा शबिस्तां मुझसे

---

1. स्पष्ट 2. तमाशे के शीर्षक से शिक्षा लेना 3. बेहतर 4. बिखरी हुई पलकों को एक साथ-सी देने वाला धागा 5. दिल की जलन से उत्पन्न घबराहट 6. धुएं की भाँति 7. हसीनों को सादगी सिखाने वाला 8. शीशे का घर 9. छालों का असर 10. जुनून के रेगिस्तान का ख़र्च 11. आराम की भूमिका का बिस्तर।

शौक़े दीदार में गर तू मुझे गरदन मारे
हो निग्ह मिले-गुले-शम्आ परेशां मुझसे

बेकसी-हाए-शबे-हिज्र[12] की वहशत है-है
साया ख़ुर्शीदे-क़यामत[13] में है पिनहां मुझसे

निग्ह-ए-गर्म[14] से इक आग टपकती है 'असद'
है चराग़ां, ख़स-ख़ाशाके-गुलिस्तां[15] मुझसे

बस्तन-ए-अहद-ए-मोहब्बत हमा नादानी था
चश्म-ए-नकुशूदा रहा उक़्दा-ए-पैमाँ मुझ से

आतिश-अफ़रोज़ी-ए-यक-शोला-ए-ईमा तुझ से
चश्मक-आराई-ए-सद-शहर चराग़ाँ मुझ से

---

12. विरह-रात्रि की वेदना 13. प्रलय का सूर्य 14. उत्साही दृष्टि 15. बाग़ की घास-फूस।

93

हर एक बात पे कहते हो तुम कि तू क्या है
तुम्हीं कहो कि ये अन्दाज़े-गुफ़्तगू क्या है

न शोले में ये करिश्मा, न बर्क़ में ये अदा
कोई बताओ कि वो शोख़े-तुन्द-ख़ू क्या है

ये रश्क है कि वो होता है हमसुख़न तुमसे
वगरना ख़ौफ़े-बद-आमोज़िद-ए-अदू[1] क्या है

चिपक रहा है बदन पर लहू से पैराहन[2]
हमारी जैब को अब हाजते-रफ़ू क्या है

जला है जिस्म जहाँ, दिल भी जल गया होगा
कुरेदते हो जो अब राख, जुस्तजू क्या है

रगों में दौड़ने-फिरने के हम नहीं क़ाइल[3]
जब आँख ही से न टपका, तो फिर लहू क्या है

1. दुश्मन को सिखाने-पढ़ाने का डर 2. लिबास 3. मान्यता।

वो चीज़, जिसके लिए हमको हो बहिश्त अज़ीज़
सिवाए बाद-ए-गुलफ़ामे-मुश्क-बू[4] क्या है

रही न ताक़ते-गुफ़्तार[5] और अगर हो भी
तो किस उम्मीद पे कहिये कि आरज़ू क्या है

हुआ है शह[6] का मुसाहिब,[7] फिरे है इतराता
वगरना शह्र में 'ग़ालिब' की आबरू[8] क्या है

---

4. कस्तूरी की सुगन्ध व फूलों के रंग की शराब। 5. बात करने की ताक़त 6. बादशाह 7. कर्मचारी 8. प्रतिष्ठा।

94

हवस को है निशाते-कार[1] क्या-क्या
न हो मरना, तो जीने का मज़ा क्या

तजाहुल-पेशगी[2] से मुद्दआ क्या
कहाँ तक ऐ सरापा नाज़[3] "क्या-क्या"

नवाज़िश-हाए-बेजा[4] देखता हूँ
शिकायत-हाए-रंगीं[5] का गिला क्या

निगाहे-बेमुहाबा[6] चाहता हूँ
तग़ाफ़ुल[7]-हाए-तम्कीं- आज़मा[8] क्या

फ़रोग़-ए-शोला-ए-ख़स यक-नफ़स है
हवस को पास-ए-नामूस-ए-वफ़ा क्या

दिमाग़-ए-इत्र-ए-पैराहन नहीं है
ग़म-ए-आवारगी-हा-ए-सबा क्या

---

1. काम की उमंग 2. जान-बूझकर अनजान बनना 3. नख़रों का प्रतीक 4. अनुचित कृपा 5. सुखद शिकायत 6. निःसंकोच दृष्टि 7. उपेक्षा 8. धीरज की परीक्षा।

दिल-ए-हर-क़तरा है साज़-ए-अनल-बहर
हम उस के हैं हमारा पूछना क्या

नफ़स[9] मौजे-मुहीते-बेख़ुदी[10] है
तग़ाफ़ुल हाय साक़ी का गिला क्या

मुहाबा[11] क्या है मैं ज़ामिन[12] इधर देख
शहीदाने-निग्ह[13] का ख़ूं बहा क्या

सुन ऐ ग़ारतगरे-जिंसे-वफ़ा[14] सुन
शिकस्ते-क़ीमते-दिल[15] की सदा क्या

किया किसने जिगर-दारी [16] का दावा
शकीब-ए-ख़ातिर -आशिक़[17] भला क्या

ये क़ातिल वादा-ए-सब्र-आज़मा क्यूँ
ये काफ़िर फ़ित्ना-ए-ताक़त-रुबा क्या

बला-ए-जा है 'ग़ालिब' उसकी हर बात
इबारत[18] क्या, इशारत[19] क्या, अदा क्या

---

9. सांस 10. मस्ती के समुद्र की उमंग 11. संदिग्ध 12. ज़िम्मेदार 13. नज़र का मारा हुआ 14. प्रेम-रूपी दौलत का लुटेरा 15. हृदय के मूल्य में कमी 16. सहनशीलता 17. प्रेमी का धीरज 18. लिखावट 19. इशारा।

95

हुई ताख़ीर तो कुछ बाइसे-ताख़ीर[1] भी था
आप आते थे, मगर कोई इनांगीर[2] भी था

तुमसे बेजा है मुझे अपनी तबाही का गिला
इसमें कुछ शाइबए-ख़ूबए-तक़्दीर[3] भी था

तू मुझे भूल गया हो, तो पता बतला दूं
कभी फ़ितराक[4] में तेरे कोई नख़्चीर[5] भी था

क़ैद में थी तेरे वहशी को वही जुल्फ़ की याद
हाँ कुछ इक रंजे-गिरांबारिए-ज़ंजीर[6] भी था

बिजली इक कौंद गई आँखों के आगे तो क्या
बात करते कि मैं लब-तिश्ना-ए-तक़रीर भी था

यूसुफ़[7] उसको कहूं और कुछ न कहे ख़ैर हुई
गर बिगड़ बैठे, तो मैं लायक़े-ताज़ीर[8] भी था

---

1. देर का कारण 2. रास्ता रोकने वाला 3. सौभाग्यवश 4. शिकारी का थैला 5. शिकार 6. बेड़ियों के बोझ का दुःख 7. सुन्दरतम 8. दण्ड का भागी।

देखकर ग़ैर को हो क्यों न कलेजा ठण्डा
नाला करता था वले[9] तालिबे-तासीर[10] भी था

पेशे में ऐब नहीं, रखिये ना फ़रहाद को नाम
हम ही आशुफ़्ता-सरों [11] में वो जवां मीर भी था

हम थे मरने को खड़े, पास न आया, न सही
आख़िर उस शोख़ के तरकश[12] में कोई तीर भी था

पकड़े जाते हैं फ़रिश्तों के लिखे पर ना-हक़
आदमी कोई हमारा दम-ए-तहरीर भी था

रेख़्ते[13] के तुम्हीं उस्ताद नहीं हो 'ग़ालिब'
कहते हैं अगले ज़माने में कोई 'मीर' भी था

---

9. यदि लेकिन 10. प्रभाव का इच्छुक 11. उन्मादी। 12. तीर रखने का पात्र 13. उर्दू।

96

हुस्न-ग़म्ज़े[1] की कशाकश से छुटा मेरे बाद
बारे-आराम से हैं अह्ले-जफ़ा मेरे बाद

मन्सबे-ए-शेफ़्तगी[2] के कोई क़ाबिल न रहा
हुई माज़ूलि-ए-अन्दाज़ो-अदा[3] मेरे बाद

शम्आ बुझती है तो उसमें से धुआं उठता है
शोल-ए-इश्क़ सियहपोश[4] हुआ मेरे बाद

ख़ूं है दिल ख़ाक में अहवाले- बुताँ[5] पर यानी
उनके नाख़ुन हुए मोहताजे-हिना[6] मेरे बाद

दर-ख़ुर-ए-अर्ज़[7] नहीं जौहरे-बेदाद को जा
निगहे-नाज़ है सुर्मे से ख़फ़ा मेरे बाद

है जुनूं अह्ले-जुनूं के लिए आग़ोशे-विदा[8]
चाक होता है गिरेबां से जुदा मेरे बाद

---

1. नाज़ और अदा 2. प्रेम का अर्क़ 3. नख़रों का जाना 4. काले वस्त्रों में 5. प्रिय की हालत 6. मेंहदी को तरसते हुए 7. प्रार्थना के योग्य 8. विदा की गोद।

कौन होता है हरीफ़े-मये-मर्द-अफ़गने-इश्क़[9]
है मुकर्रर[10] लबे-साक़ी पे सला[11] मेरे बाद

ग़म से मरता हूँ कि इतना नहीं दुनिया में कोई
कि करे ताज़ियते-मेह्रो-वफ़ा[12] मेरे बाद

आये है बेकसी-ए-इश्क़ पे रोना 'ग़ालिब'
किसके पर जायेगा सैलाबे-बला[13] मेरे बाद

थी निगह मेरी निहाँ-ख़ाना-ए-दिल की नक़्क़ाब
बे-ख़तर जीते हैं अरबाब-ए-रिया मेरे बा'द

था मैं गुलदस्ता-ए-अहबाब की बंदिश की गियाह
मुतफ़र्रिक़ हुए मेरे रुफ़क़ा मेरे बा'द

---

9. प्रेम की घातक मदिरा-पान का साहसी 10. दोबारा 11. आवाज़। 12. शोक प्रकट करना 13. विपत्तियों की बाढ़।

97

है आरमीदगी[1] में निकोहिश[2] बजा मुझे
सुब्हे-वतन है ख़न्द-ए-दन्दां-नुमा[3] मुझे

ढूंढ़े है उस मुग़न्निए-आतश-नफ़स को जी
जिसकी सदा हो जल्वा-ए-बर्क़े-फ़ना मुझे

मस्ताना तय करूं हूँ रहे वादि-ए-ख़याल
ता-बाज़गश्त[4] से न रहे मुद्दआ मुझे

करता है बस कि बाग़ में तू बेहिजाबियां[5]
आने लगी है नक्हते-गुल[6] से हया मुझे

खुलता किसी पे क्यों मेरे दिल का मुआमला
शे'रों के इन्तिख़ाब[7] ने रुस्वा किया मुझे

वाँ रंग-हा ब-पर्दा-ए-तदबीर हैं हुनूज़
याँ शोला-ए-चराग़ है बर्ग-ए-हिना मुझे

---

1. आराम करने का आदी 2. उलाहना 3. ज़ोर से खिलखिलाना 4. प्रतिध्वनि 5. बेपर्दरी 6. फूलों की सुगन्ध 7. चयन।

परवाज़-हा नियाज़-ए-तमाशा-ए-हुस्न-ए-दोस्त
बाल-ए-कुशादा है निगह-ए-आशना मुझे

अज़-खुद-गुज़श्तगी में ख़मोशी पे हर्फ़ है
मौज-ए-ग़ुबार-ए-सुर्मा हुई है सदा मुझे

ता चंद पस्त फ़ितरती-ए-तब-ए-आरज़ू
या रब मिले बुलंदी-ए-दस्त-ए-दुआ मुझे

मैं ने जुनूँ से की जो 'असद' इल्तिमास-ए-रंग
ख़ून-ए-जिगर में एक ही ग़ोता दिया मुझे

है पेचताब रिश्ता-ए-शम-ए-सहर-गही
ख़जलत गुदाज़ी-ए-नफ़स-ए-ना-रसा मुझे

याँ आब-ओ-दाना मौसम-ए-गुल में हराम है
ज़ुन्नार-ए-वा-गुसिस्ता है मौज-ए-सबा मुझे

यकबार इम्तिहान-ए-हवस भी ज़रूर है
ऐ जोश-ए-इश्क़ बादा-ए-मर्द-आज़मा मुझे

98

है बज़्मे-बुतां[1] में सुख़न आज़ुर्दा[2] लबों से
तंग आए हैं हम ऐसे ख़ुशामद-तलबों से

है दौर-ए-क़दह[3] वज्ह-ए-परेशानी-ए-सहबा[4]
इक बार लगा दो ख़ुमे-मय मेरे लबों से

रिन्दाने-दरे-मैकदा[5] गुस्ताख़ हैं ज़ाहिद
ज़िन्हार[6] न होना तरफ़ इन बे-अदबों से

बेदादे-वफ़ा देख कि जाती रही आख़िर
हरचन्द मेरी जान को था रब्त लबों से

क्या पूछे है बर-ख़ुद ग़लती-हा-ए-अज़ीज़ाँ
ख़्वारी को भी इक आर है आली-नसबों से

गो तुम को रज़ा-जूई-ए-अग़्यार है लेकिन
जाती है मुलाक़ात कब ऐसे सबबों से

---

1. माशूक़ों की सभा 2. रूठे हुए 3. शराब के प्याले का चक्कर 4. शराब की आकुलता का कारण 5. मधुशाला के द्वार पर खड़े मनमौजी शराबी 6. कदापि।

मत पूछ 'असद' वअ'दा-ए-कम-फ़ुर्सती-ए-ज़ीस्त
दो दिन भी जो काटे तू क़यामत तअबों से

99

है बस कि हर इक उनके इशारे में निशां और
करते हैं मुहब्बत, तो गुज़रता है गुमां और

यारब वो न समझे हैं, न समझेंगे मेरी बात
दे और दिल उनको, जो न दे मुझको ज़ुबां और

अबरू[1] से है क्या, उस निगहे-नाज़[2] को पैवन्द
है तीर मुकर्रर, मगर इसकी है कमां और

तुम शहर में हो, तो हमें क्या ग़म, जब उठेंगे
ले आयेंगे बाज़ार से जाकर दिलो-जाँ और

हरचन्द सुबुक-दस्त[3] हुए बुत-शिकनी में
हम हैं, तो अभी राह में हैं संगे-गिरां[4] और

है ख़ूने-जिगर जोश में दिल खोल के रोता
होते जो कई दीदा-ए-ख़ूं नाबा-फ़िशां[5] और

---

1. भवें 2. प्रिय की दृष्टि 3. सिद्धहस्त 4. भारी पत्थर 5. ख़ून टपकाने वाली आँखें।

लोगों को है ख़ुरशीदे-जहांताब[6] का धोका
हर रोज़ दिखाता हूँ मैं इक दाग़े-निहां[7] और

मरता हूँ इस आवाज़ पे हर चंद सर उड़ जाए
जल्लाद को लेकिन वो कहे जाएँ कि हाँ और

लेता न अगर दिल, तुम्हें देता कोई दम चैन
करता, जो न मरता कोई दिन आहो-फ़ुग़ां और

पाते नहीं जब राह तो चढ़ जाते हैं नाले
रुकती है मिरी तब्अ' तो होती है रवाँ और

हैं और भी दुनिया में सुख़नवर[8] बहुत अच्छे
कहते हैं कि 'ग़ालिब' का है अन्दाज़े-बयां और

---

6. संसार को आलोकित कर देने वाला सूर्य 7. छिपा हुआ दाग़।

100

हैरां हूँ, दिल को रोऊँ कि पीटूं जिगर को मैं
मक़्दूर[1] हो, तो साथ रखूं नौहागर[2] को मैं

छोड़ा न रश्क़[3] ने कि तेरे घर का नाम लूं
हर इक से पूछता हूँ कि जाऊँ किधर को मैं

जाना पड़ा रक़ीब के दर पर हज़ार बार
ऐ काश! जानता न तेरे रहगुज़र को मैं

है क्या जो कस के बाँधिए मेरी बला डरे
क्या जानता नहीं हूँ तुम्हारी कमर को मैं

लो, वो भी कहते हैं कि ये बे-नंगो-नाम[5] है
यह जानता अगर, तो लुटाता न घर को मैं

चलता हूँ थोड़ी दूर हर इक तेज़-रौ[6] के साथ
पहचानता नहीं हूँ अभी राहबर को मैं

---

1. सामर्थ्य 2. रोने वाले 3. ईर्ष्या 4. ग़ैर 5. बदनाम 6. तेज चलने वाले।

ख़्वाहिश को अहमक़ों[7] ने परस्तिश[8] दिया क़रार
क्या पूजता हूँ उस बुते-बेदादगर[9] को मैं

फिर बेख़ुदी में भूल गया राहे-कूए-यार[10]
जाता वगरना एक दिन अपनी ख़बर को मैं

अपने पे कर रहा हूँ क़यास[11] अह्ले-दह्र[12] का
समझा हूँ दिल-पज़ीर[13] मता-ए-हुनर को मैं

'ग़ालिब' ख़ुदा करे कि सवारे-समन्दे-नाज़
देखूं अली-बहादुरे आली-गुहर को मैं

---

7. अनाड़ी 8. पूजा 9. निष्ठुर प्रेमिका 10. प्रेमिका की गली 11. अनुमान 12. दुनिया वाले 13. दिल को लुभाना।

ooo

www.ingramcontent.com/pod-product-compliance
Lightning Source LLC
LaVergne TN
LVHW090343051026
849518LV00006B/2032